LE PRINTEMPS N'EN SERA QUE PLUS BEAU

Du même auteur

LE FLEUVE DÉTOURNÉ, Robert Laffont, 1982.

TOMBEZA, Robert Laffont, 1984.

L'HONNEUR DE LA TRIBU, Robert Laffont, 1989.

UNE PEINE À VIVRE, Stock, 1991.

DE LA BARBARIE EN GÉNÉRAL ET DE L'INTÉGRISME EN PARTICULIER, Le Pré au Clercs, 1992.

LA MALÉDICTION, Stock, 1993.

Rachid Mimouni

Le printemps n'en sera que plus beau

Stock

Je crois à l'écrivain comme pure conscience, probité intégrale, qui propose au miroir de son art une société à assumer ou à changer qui interpelle son lecteur au nom des plus fondamentales exigences de l'humain : la liberté, la justice, l'amour... Je crois à l'intellectuel comme éveilleur de conscience, comme dépositaire des impératifs humains, comme guetteur vigilant prêt à dénoncer les dangers qui menacent la société.

Extrait d'un entretien réalisé
par Hafid Gafaiti – *Voix Multiple.*

1

HAMID

Voici venu le temps des douleurs.

Je retrouve Djamila à l'instant de la perdre.

D'une façon ou d'une autre, Djamila est condamnée.

On me demande aujourd'hui d'assassiner ma gazelle. Après sa si longue absence, on m'a promis son retour à l'heure et à l'endroit exacts du rendez-vous convenu. Et je suis là qui l'attends ce soir, sur cette passerelle.

Va-t-elle venir ?

La nuit tombe, et sur la ville règne un grand silence.

Des hommes errent dans les rues. Depuis des temps immémoriaux, les hommes ont toujours erré dans cette ville.

2

Il n'était pas facile de parvenir au bureau du commandant Etienne, situé au fond du dernier étage d'un bâtiment qui en comptait quinze. Cet immeuble ne présentait, vu de l'extérieur, qu'un aspect très banal et se fondait dans l'ensemble des constructions environnantes. On aurait pu, tout au plus, s'étonner de son étrange discrétion. Car il régnait en son sein une activité de ruche bourdonnante. Civils et militaires, hommes et femmes se croisaient dans les couloirs, échangeant de légers signes de tête, affairés et silencieux.

Le commandant Étienne n'était pas un homme commode, et son personnel civil se trouvait soumis aux mêmes règles que les militaires. Il ne faisait pas bon se laisser surprendre à bavarder dans un couloir.

Il n'était pas facile de parvenir au bureau du commandant Etienne, et le jeune capitaine en faisait l'amère constatation. Après avoir rempli de multiples fiches, longuement attendu à chaque étage, il se trouvait enfin chez la secrétaire du commandant, où il lui fut demandé encore une fois de bien vouloir patienter quelques instants. Au cours de sa lente ascension, il avait largement eu le temps de perdre la belle humeur qui l'habitait pourtant ce matin-là. Aussi est-ce la mine renfrognée qu'il pénétra chez le maître des lieux.

« Bonjour, capitaine, entrez donc.

– Merci.

– Pardonnez-moi de vous avoir tant fait attendre. Je ne m'attendais pas à vous voir si tôt. »

Les deux hommes restèrent un instant à s'observer, immobiles et silencieux, se jaugeant du regard.

Puis le commandant désigna un siège à son visiteur.

« Veuillez vous asseoir. »

Alors, amis ou ennemis ? Impossible de se prononcer pour le moment. Il fallait attendre la deuxième phase de la rencontre, qui fut aussitôt engagée par le commandant.

« Avez-vous fait bon voyage, capitaine ?

– Excellent, merci. »

Le jeune homme demeurait sur la défensive. Et le vieux commandant, indécis, ne savait trop quelle attitude adopter face à ce pâle garçon qui le regardait d'un air tranquille. Une indécision qui l'irritait au plus haut point et contribuait à augmenter le trouble intérieur qu'il s'évertuait à dissimuler. Le loup surpris dans sa tanière a parfois ainsi des fragilités de gazelle.

Le commandant fixait son visiteur. Ainsi, assis en face de lui, se tenait celui qu'on considérait comme le meilleur théoricien des luttes de guérilla, l'un des spécialistes les plus avertis du terrorisme urbain. Devant ces jeunes et brillants universitaires sortis des plus grandes écoles, le vieux commandant avait toujours éprouvé un sentiment ambigu, mélange d'agacement un peu méprisant et de considération. Sa probité le forçait à reconnaître en eux l'efficacité d'une intelligence développée au maximum, qui leur conférait souvent l'envergure de futurs officiers d'état-major, tandis que son expérience lui avait enseigné la vanité des grandes théories et l'importance, pour l'homme, des motivations affectives. Il se remémorait la somme d'efforts que lui avaient coûtée ses galons, lui qui avait commencé sa carrière en qualité de sergent, là-bas, en Indochine.

Sa vie avait été d'abord une succession de tours de force. Dur, tenace, sans pitié, ses exploits lui valaient parfois des promotions, rarement de l'admiration, jamais de la sympathie. Et il avait monté ainsi dans la hiérarchie, à force de volonté et de gageures tenues, animal solitaire et farouche, sans amitié ni amis. Il avait arraché ses galons plus qu'on ne les lui avait donnés, et ses supérieurs ne pouvaient s'empêcher d'éprouver une sourde réticence face à ce soldat taciturne et volontaire, incroyable machine à exécuter les ordres et les missions. Tenus à une discipline de fer, ses hommes ne l'aimaient pas, mais néanmoins reconnaissaient en lui un chef authentique, sévère mais juste, exigeant mais toujours prêt à payer de sa personne : « Sans même en boire une goutte, il a distribué l'eau de sa gourde à ceux qui crevaient de soif dans les marécages de cet horrible pays », se racontait-on.

Sans doute s'était-il rendu compte que son physique disgracieux et son absence de chaleur humaine ne pourraient jamais lui attirer de sympathie. Timide, laid, souvent qualifié de méchant, il avait vécu son adolescence comme un douloureux calvaire. À l'heure des troubles naissants du cœur et du corps, il fuyait éperdument les filles, rougissant et bafouillant. L'armée lui apparut alors comme le seul salut possible. Et, lucide et froid, il puisait dans la rage de parfaire ses missions l'oubli de complexes qui le troublèrent longtemps.

Avec le reste de l'armée, il revint d'Extrême-Orient après le grand désastre, reçut en guise de consolation un nouveau galon et le commandement d'une caserne, dans une petite ville de province. Son ordre de départ pour l'Algérie devait arriver un an plus tard.

Le jeune capitaine, silencieux, fixait le commandant. Il attendait avec une tranquille assurance la future passe d'armes. Mais le court silence avait permis au commandant de retrouver toute sa maîtrise, et à présent il supputait les raisons de l'envoi du jeune officier.

Quelques jours auparavant, une brève note l'avait informé de sa prochaine arrivée. Sans autre explication. Était-ce la réponse au volumineux rapport qu'il venait d'envoyer à ses supérieurs sur la situation de l'activité terroriste dans la ville ? Sûrement. Mais dans quel sens l'interpréter ? Comme un signe d'intérêt de la part du Haut Commandement, qui constatait finalement, chiffres en main, les résultats obtenus dans la lutte contre le terrorisme ? Il ressortait clairement de ce rapport que l'organisation adverse se trouvait extrêmement affaiblie aujourd'hui, et qu'il fallait songer à lancer une vaste opération qui lui donnerait le coup fatal. Le commandant avait conclu en demandant des hommes et de nouveaux moyens – et il est vrai qu'un homme tel que ce capitaine pouvait s'avérer très utile. Mais peut-être n'avait-il été envoyé que pour contrôler d'un peu plus près l'activité d'un homme que l'on jugeait souvent trop autonome ? Le commandant avait toujours eu des méthodes de travail assez particulières et un esprit d'indépendance marqué, guère prisé en haut lieu. De plus, son franc-parler dérangeait. On n'osait cependant trop l'attaquer directement, car il obtenait dans son travail de substantiels résultats quand ses nombreux prédécesseurs avaient échoué lamentablement. À moins que ce capitaine n'ait été envoyé ici pour détourner sa prochaine victoire ? Au lu de son rapport, les généraux avaient pu penser qu'il était temps pour eux de cesser leurs critiques à son égard et qu'il était plus opportun d'agir de façon à pouvoir partager les fruits du succès. Sombres calculs, certes, mais à ne pas exclure, de la part de ces hommes ambitieux qui se targuaient de vouloir jouer un rôle historique.

Le commandant reprit :

« C'est votre premier séjour en Algérie ?

– Oui.

– Permettez-moi alors de vous y souhaiter la bienvenue. C'est un étrange pays, bien différent de la France, que vous allez découvrir.

– Je vous avoue avoir été très impatient de le voir. On en parle tant, aujourd'hui. Et mon premier contact ne m'a pas déçu, ce qui semble beaucoup promettre.

– C'est peut-être une caractéristique de ce pays de toujours tenir au-delà de ses promesses. Si je peux me permettre un conseil, défiez-vous de toutes les idées préconçues : elles sont généralement fausses et dangereuses. Surtout dans un travail comme le nôtre.

– Je mesure très bien tout ce que j'ai à apprendre. Je serais heureux et fier de pouvoir le faire à vos côtés.

– Je pense que nous pourrons obtenir ensemble d'excellents résultats. J'ai eu l'honneur de connaître votre père. Un grand soldat. Et vous-même promettez beaucoup : j'ai déjà entendu parler de vous. Vous êtes encore très jeune et une belle carrière vous attend, semble-t-il.

– J'ai également beaucoup entendu parler de vous et j'admire énormément vos principes et vos méthodes. C'est pourquoi je n'ai pas un seul instant hésité à accepter la proposition que l'on me faisait de venir ici travailler avec vous.

– Vous pouvez trouver avec nous un vaste champ d'expérimentation pour vos théories. Voyez-vous, capitaine, le travail que nous faisons ici n'a en soi rien d'exaltant. Il est fort peu spectaculaire, il exige un effort continu et une patience à toute épreuve. Néanmoins, son importance est capitale dans la poursuite de la guerre que nous menons. L'organisation terroriste que nous essayons de détruire dans cette ville est moins dangereuse par les diverses exactions qu'elle commet – attentats, explosions, sabotages, etc. – que parce qu'elle constitue le soutien logistique des maquis, un soutien sans lequel ces derniers perdraient la moitié de leur efficacité. Les fonds collectés à travers tout le pays affluent vers les villes où ils sont rassemblés, puis transférés, généralement en Suisse, où se déroulent les tractations avec les marchands d'armes. Des armes qui débarquent en Algérie, après avoir transité par les pays limitrophes. C'est aussi la ville qui fournit aux maquis les médicaments, les vêtements, la nourriture qui leur sont nécessaires. De là leur parviennent aussi parfois de très précieuses informations sur les mouvements de nos troupes. Vous pouvez ainsi appréhender l'importance de l'enjeu de la partie que nous menons. Je poursuis, ou préférez-vous me poser dès maintenant des questions ?

– Je suis assez familiarisé avec ce genre de problèmes. Continuons.

– Pour ce faire, il a été mis en place une organisation d'une redoutable efficacité. Pour s'en rendre compte, il n'est que de voir la rapidité de circulation de l'information à travers le réseau, et son temps de réaction extrêmement court. Cela peut étonner quand on songe que cette organisation a été mise en place par des Arabes, ces fils d'anciens nomades habitués à vivre en face de l'immensité d'un désert dont ils ont fini par acquérir la majestueuse lenteur.

« Cette organisation est certainement dirigée par un chef de tout premier plan, que ne désavoueraient pas nos plus brillants chefs d'état-major. Il me semble d'ailleurs avoir fini par le connaître, au long de cette lutte que nous avons engagée. Pour ainsi dire, nous sommes devenus comme de vieux compagnons qui se respectent beaucoup, encore que les circonstances nous aient placés dans des camps différents.

« Il m'arrive parfois de sourire en moi-même, à constater que j'ai exactement prévu sa parade au piège que je lui ai tendu. Comme tout authentique chef de guerre, il excelle à découvrir la faille dans le plan adverse, à prévoir aussitôt la riposte et à intégrer un ensemble d'actions improvisées dans un système plus vaste, préparé de longue date.

– En principe, toute organisation de ce genre est confrontée à un problème essentiel : la circulation de l'information de la base vers le sommet et vice versa.

– Cette remarque révèle l'expert que vous êtes dans ce domaine. Et vous avez bien raison de soulever ces problèmes de circulation de l'information, car ils sont fondamentaux : une information transmise avec retard peut entraîner la perte de plusieurs cellules. Aujourd'hui, ce problème devient pour eux une question vitale. Après les tâtonnements du début, nous avons mis en place des structures et des méthodes qui nous ont permis de les acculer progressivement. Ils sont cernés de toutes parts. Maintenant que nous les avons affaiblis sur tous les plans, il s'agit de préparer et de porter le coup fatal qui les détruira totalement.

– Pensez-vous que nous soyons en mesure de mener cette opération avec quelque chance de succès ?

– Je vous montrerai les plans que j'ai préparés à ce sujet. Nous avons de précieux atouts entre nos mains. Nous pouvons réussir si nous savons les utiliser.

« Cependant, il ne faut pas oublier un élément ici fondamental, et qui leur confère souvent des regains d'énergie insoupçonnables : leur organisation baigne entièrement dans le peuple qui l'aide, la soutient, en fait partie. Leurs agents peuvent aussi bien être ces jeunes gens qui flânent dans les différents quartiers de la ville que la femme voilée qui fait son marché ou l'enfant qui joue innocemment sous vos yeux. Et c'est là que réside leur force essentielle. La femme voilée transporte dans son couffin armes et messages, et le gamin a peut-être sa sacoche bourrée de grenades.

« Voilà nos problèmes. Votre intelligence et vos méthodes nous seront sans nul doute d'un précieux secours. Nous comptons beaucoup sur vous, capitaine. »

3

« Bonjour, Si-Hassan.

– Bonjour Malek, entre et assieds-toi.

– Vous avez l'air d'un tigre en cage, à tourner sans cesse dans votre bureau.

– C'est aussi l'impression que j'ai. Je sens que le temps presse.

– Avez-vous reçu mon dernier message concernant l'arrivée d'un nouvel officier ?

– Oui, et je suis très perplexe.

– Pourquoi donc ?

– Parce que nous sommes arrivés à l'une des phases les plus critiques de notre existence. Si nous ne réagissons pas, nous sommes perdus.

– Que se passe-t-il ?

– En vérité, rien de précis, rien de très net, mais c'est ce qui m'inquiète justement. On peut facilement se laisser leurrer et croire que tout va bien. Mais, quand, saisi d'une sourde appréhension, on essaie de dresser un tableau objectif de la situation, on se rend compte alors de l'ampleur de la catastrophe qui nous menace

– Vous m'effrayez, Si-Hassan.

– Je suis moi-même effrayé. Beaucoup de nos cellules sont à moitié démantelées, leurs responsables arrêtés ou morts. Nous avons de plus en plus de peine à recruter des collecteurs de fonds. Ceux qui nous renseignent sur les mouvements adverses deviennent craintifs et ne le font plus qu'avec réticence. Insensiblement, nous avons été obligés de réduire nos actions, de relâcher la discipline et nous pouvons de moins en moins contrôler nos agents. Certains se font stupidement arrêter et d'autres disparaissent sans avertir.

– Comme Djamila…

– Oui, comme Djamila.

– N'est-il pas possible de reprendre en main la situation ?

– Les pentes sont toujours dures à remonter.

– Mais il faut réagir à tout prix.

– À condition qu'on nous en laisse le temps. Ce relâchement n'est pas le fruit du hasard. Depuis quelque temps, il règne un calme inhabituel sur la ville. Il n'y a plus de quartiers encerclés, de rafles, de barrages, de vérifications d'identité dans les rues. J'ai la très nette conviction que l'ennemi sait l'état dans lequel se trouve notre organisation et qu'il se prépare contre nous une vaste opération visant à notre élimination définitive. Beaucoup d'indices m'ont permis d'étayer cette conviction. Le dernier est l'arrivée de cet officier dont vous venez de me parler. Cet homme est considéré comme l'un des plus grands spécialistes français de la guérilla urbaine. Et il arrive justement aujourd'hui dans notre ville.

– Il faut à tout prix tenter quelque chose.

Nous ne pouvons pas nous laisser écraser sans faire un geste.

– En aurons-nous le temps ? Tout le problème est là. Nous commençons déjà à perdre le contrôle de nos hommes, et c'est bien la pire des choses. De plus, je connais ce diable de commandant. Il n'est pas homme à dormir sur ses lauriers. En vérité, je crains que le danger ne soit imminent. À moins de trouver une solution efficace et simple. C'est pour cela que je passe mon temps dans ce bureau, à tourner comme un fauve en cage. Comprends-tu maintenant dans quelle urgence nous sommes ? »

4

La jeune fille en ciré noir avançait à pas lents sur la passerelle. Le bruit de ses talons sur le métal fit détourner un court instant la tête de l'homme accoudé sur le rebord. Mais celui-ci, après un bref regard, reprit sa réflexion interrompue.

À quelques pas de lui, la jeune fille s'arrêta, ouvrit son sac, en sortit un paquet de cigarettes et en tira une. Elle se mit ensuite à chercher dans ses poches des allumettes qu'elle ne sembla pas trouver.

Elle s'approcha de l'homme.

« Pardon, monsieur, auriez-vous du feu ? Je perds toujours mes allumettes.

– Certainement, mademoiselle, tenez. »

La jeune fille alluma sa cigarette et tendit la main pour lui rendre la boîte.

« Merci. Mauvais temps, n'est-ce pas ?

– Le printemps n'en sera que plus beau. Gardez les allumettes, j'en ai d'autres. »

Après un bref sourire à son adresse, la jeune fille continua son chemin.

5

« Bonjour, Hamid, assieds-toi donc. Comment va ?

– Bonjour, Malek. Ça va mal, mon ami, mal. Il pleut, il fait froid, le ciel est lugubre et je n'ai pas encore pris mon petit déjeuner. Où est donc passé ce fichu serveur ?

– En effet, on voit que cela ne va pas fort. Tu as les joues creuses, le teint cireux, les yeux rouges qui sortent de leurs orbites. Tu as l'air hagard. Tu donnes l'impression de dépérir de jour en jour. C'est peut-être le climat qui ne te convient pas ?

– Qu'est-ce que le climat a à voir dans mes problèmes ? Je me fiche du climat.

– Cette fichue époque alors ?

– Cette fichue époque est à l'image du reste. Je n'ai jamais vu un mois de décembre se traîner ainsi. On se lève, on va aux cours – ou pas. On essaie de travailler, sans conviction. On se promène, sans envie. On rencontre des copains, on essaie de sourire, mais le cœur n'y est pas.

– Étrange, n'est-ce pas, ce temps immobile qui a pris possession de la ville et qui y stagne ?

– Ce temps n'est pas le nôtre. Il n'est qu'un accident de l'histoire. Mais il s'est emparé de la ville et prétend y régner en maître, dérisoire vainqueur que les vaincus veulent ignorer. Il nous ronge pourtant lentement le sang, l'esprit, et la ville n'a plus de blanche que sa légende. Nous sommes ainsi des milliers à errer dans les rues, somnambules prisonniers du temps et de la cité. Tu ne peux savoir à quel point mon existence me semble vide. Je m'ennuie à mourir.

– Mais voici que partout rougeoient les brasiers. Nous changerons le temps, nous changerons l'histoire.

– Va débiter tes discours ailleurs, je ne suis pas preneur. J'ai d'autres soucis.

– Il suffit de situer les problèmes, Hamid.

– Il faut d'abord les discerner.

– Il en est un qui prévaut sur tous les autres : chaque jour, dans cette ville, dans ce pays, des hommes meurent. Mais pas d'ennui.

– Et toi tu m'assommes avec tes sermons.

– Tel est en tout cas notre problème majeur, à nous. Tout le reste est accessoire. Comme tu te désintéresses de notre cause, il est normal que ton existence te semble vide. C'est la source de tous les tourments.

– Que peux-tu savoir, toi l'aristocrate, de la source de mes tourments ? J'ai eu une enfance que pour rien au monde je ne voudrais revivre. Je n'ai pas eu de père pour guider mes premiers pas et me prémunir contre les pièges de la vie. Je n'ai pas eu de mère pour, après une bêtise, incapable de me gronder, me baiser le front en me serrant dans ses bras. J'ai passé mon enfance en voyou solitaire, occupé à poursuivre les moineaux et les ivrognes. Et j'ai grandi comme un buisson sauvage au milieu des intempéries, chétif et misérable, mais épineux et tenace. Plus tard, j'ai connu une fille dont le sourire me promettait d'affolantes revanches. J'ai posé ma tête sur ses délicates épaules et j'ai reporté sur elle tout l'amour et toute la tendresse dont avait été sevrée mon enfance d'orphelin vagabond. J'ai retrouvé dans le fond de ses yeux d'anciennes images oubliées et mon cœur affolé battait la mesure d'une indicible passion.

« Je l'ai amenée dans cette ville, et quelque temps plus tard, je l'ai vue qui lentement s'effaçait, m'échappait. Malgré mes efforts, mes cris et ma détresse.

« Aujourd'hui, elle a totalement disparu. Voilà la seule vérité qui m'importe. Et je ne sais plus que faire.

– Compterais-tu sur moi pour résoudre tes problèmes ? Je ne saurais te prodiguer que ce genre de sermon qui t'assomme.

– Je n'ai jamais compté que sur moi-même...

– Tu es peut-être un brillant mathématicien, un logicien de premier plan, mais ton génie s'arrête là. En dehors de tes casse-tête logiques, tu ne brilles plus tellement.

– Parce que dans la vie, les données sont faussées au départ.

– Parce que tu t'entêtes à vouloir ignorer une réalité fondamentale.

– C'est ce temps qui me donne le cafard. Lentement, un poison sournois m'envahit et prend possession de mon corps. J'ai beau me débattre, mes muscles dépérissent.

« J'ai perdu ma gazelle et je veux crier ma détresse aux passants ! »

6

HAMID

Je garderai de mon périple oranais une image de vastes plaines ensoleillées, d'ombres secrètes et profondes. Je vivais alors un rêve ambigu et flottant, et me forçais à ne point réfléchir, à ne point douter, faisant une suprême tactique de la fuite en avant, toujours actif et fiévreux, éperdu et pressé.

Il ne me reste de ces aubes silencieuses, au bout des nuits sans sommeil, que le souvenir de ma gorge brûlée par l'excès de cigarettes.

Le temps, couleur de sable chaud, avait l'ampleur de mes rêveries.

La voiture freina au bord de l'eau et les filles s'échappèrent en riant et s'égaillèrent sur la plage, vives et multicolores, en de longues traînées de rires. Je descendis en dernier, cherchai un endroit favorable, déposai mes affaires sur le sable et commençai à me déshabiller. Elles étaient déjà dans l'eau, criaillant comme une nichée d'oisons.

Je les regardais, tranquillement couché sur le sable. L'une d'elles me fit signe de loin.

« Alors, Hamid, tu viens ? »

Je souris, mais ne bougeai pas.

Il faisait bon être allongé sur le sable chaud. Je fermai les yeux et commençai déjà à m'assoupir quand des gouttes d'eau sur mon visage m'éveillèrent en sursaut. Ma blonde amie se tenait debout devant moi.

« Allons, lève-toi, va nager un peu.

– Plus tard, je n'en ai pas envie maintenant.

– Quel paresseux ! »

Le ton enjoué sonnait faux, et son regard, grave, quêtait le mien. Nos relations s'apparentaient à celles d'un naufragé avec son île déserte : elle pouvait bien recéler d'immenses richesses et les lui prodiguer sans restriction, elle restait l'escale provisoire d'un navigateur en attente de l'imminent départ. Je n'étais qu'un évadé.

Les autres filles nous rejoignirent.

Nous sommes restés assis sur le sable à deviser, pendant un moment. Puis quelqu'un a crié :

« Allez, tout le monde à l'eau !

– Debout, Hamid.

– Non, allez-y, je viendrai plus tard.

– Mais si, viens donc.

– Je n'ai pas envie de me baigner, vous dis-je ».

Elles essayèrent de m'entraîner de force. Je résistai. Elles abandonnèrent après quelques tentatives et s'éloignèrent, riant et chuchotant. Elles se réunirent dans l'eau, semblèrent se concerter un instant. Puis elles ressortirent et vinrent s'asseoir près de moi.

« Si nous faisions une petite promenade le long de la plage ?

– D'accord. On y va ? »

Ma blonde amie me lança un regard appuyé. Je me levai.

« Si on cherchait des moules ? »

Nous avancions prudemment. L'eau nous arrivait au genou.

« Là-bas, sur ce grand rocher, il doit y en avoir de belles. »

Nous nous remîmes à avancer. En me retournant par hasard, je surpris sur leurs visages des airs finauds, des sourires ironiques. Je compris tout à coup la nature du petit complot. Qu'on puisse prendre pour un nageur novice qui craignait de se ridiculiser devant les filles un ancien champion du cent mètres nage libre m'amusa énormément.

Je décidai d'entrer dans leur jeu et poursuivis ma marche en direction du rocher pentu. Parvenu à son pied, je me hissai vers son sommet et demeurai à contempler la mer, qui était ce jour-là passablement mauvaise.

Les quatre filles se tenaient derrière moi tandis que je m'obstinais à fixer l'horizon, debout au bord du rocher, dans l'attente de la poussée devant m'envoyer à l'eau, et me préparant à effectuer un magnifique plongeon sous leurs yeux ébahis. Ultimes hésitations ?

Tout à coup, Hassina me saisit le bras.

« Regarde, Hamid, là-bas, il y a quelqu'un en difficulté. »

Me serais-je trompé ou était-ce là le coup qu'elles me préparaient ? En regardant à nouveau, j'aperçus une forme qui semblait ballottée par les vagues au point d'en être parfois submergée.

Je plongeai. J'émergeai quelques mètres plus loin et de vigoureuses brasses me portèrent rapidement auprès du nageur.

C'était une nageuse. Je vis d'abord ses yeux. Bleus. Bleu pervenche.

« Vous êtes en difficulté, mademoiselle ?

– Mais non, pourquoi voulez-vous que je sois en difficulté ?

– Pardonnez-moi. Vous sembliez fatiguée.

– Pas du tout, je nage comme il me plaît.

– Certes. Accepteriez-vous de me rendre un service ?

– Demandez toujours.

– Les filles que vous voyez debout sur le rocher m'ont fait croire que vous étiez en difficulté, sans doute dans le but de se moquer de moi. J'aimerais assez leur flanquer une bonne frayeur...

– Vous ne manquez pas de toupet ! Si j'ai bien compris, il faut que je me noie pour vous donner l'occasion de me sauver et donner des émotions à vos amies qui vous ont joué un tour. J'ai l'impression que je vais être réellement en difficulté si vous continuez à m'obliger à vous tenir des discours dans l'eau. Au revoir ! »

Elle s'éloigna. Je ne sais quel regard j'avais à mon retour ni de quelle voix je racontai le sauvetage inutile, mais ma blonde amie sembla brusquement comprendre qu'une rivale venait de lui naître.

Nous nous étions rencontrés dans une rue déserte. Je marchais en titubant, ivre, blessé, reprenant haleine tous les dix mètres, sans arriver à déterminer si je me trouvais à bout de forces à cause du sang répandu, ou s'il s'agissait simplement d'une affaire d'équilibre difficile à assurer à cause de mon ébriété. Et je marchais ainsi, l'alcool absorbé anesthésiant ma douleur et les élancements de mon flanc m'empêchant de sombrer dans l'inconscience d'une totale ivresse. Pourquoi, ce soir-là, avais-tu ralenti, puis finalement stoppé pour me venir en aide et m'emmener dans ta voiture ?

Je levai la tête et regardai mon amie qui se força à sourire. Elle se savait déjà perdante : le naufragé ne tarderait pas à reprendre sa route.

7

DJAMILA

J'ai fini de traverser ces plaines ensoleillées en tragique somnambule. Aujourd'hui, j'ai ouvert les yeux. J'ai ouvert les yeux sur une ronde d'hirondelles, sur un sourire épanoui qui se penchait vers moi. Mes nuits ont perdu leur goût de promesses que l'aube désabuse et mon regard n'erre plus à fleur d'objet. Les murs de ma chambre s'entrouvrent et je ne crains plus le silence.

Aujourd'hui mes lèvres tremblent quand il me prend la main !

Je n'aime pas le printemps. Je n'aime pas les oiseaux. Je n'aime pas la verdure. Je n'aime pas la mer aux vagues rageuses. Je n'aime plus ni mes amies, ni mes rêves d'adolescente. Parce que je n'aime que Hamid.

8

LE CAPITAINE

Étrange histoire ! Maintenant encore, je me demande ce qui a bien pu attirer mon attention.

Je rentrais chez moi, à la tombée du jour, par une rue grise et quasi déserte. Après une journée difficile, je tentais de vider mon esprit, de ne penser à rien. Le désœuvrement de mes soirées ne m'incitait guère à presser le pas et je m'en allais lentement, rêveur et absent. L'entrevue surprise sur la passerelle fut très brève. Mais les phrases prononcées avaient un je ne sais quoi d'artificiel et d'étudié qui rappelait un jeu d'acteurs. La boîte d'allumettes que garda la jeune fille... Le bref regard qu'elle me lança au passage... Ses yeux si bleus... L'indifférence affectée de l'homme...

Oui, ce qui attira mon attention fut cet air d'indifférence de l'homme. Comment rester indifférent devant pareille louve ?

Je ralentis l'allure et laissai la jeune fille me dépasser. Je résolus de la suivre. Je ne sais si elle s'en aperçut, toujours est-il qu'elle s'évanouit au détour d'une ruelle et que je restai là quelques instants, stupidement immobile.

Je n'ai jamais pu comprendre la logique interne de l'architecture de cette ville, de ses tortueuses ruelles qui ne semblent mener nulle part, ni celle de ses portes qui constituent un défi permanent aux lois de la géométrie.

Étrange ville, indéfinissable, échappant à tout qualificatif, jouissant du malaise qu'elle donne à ses habitants. Au fil des jours, je me suis laissé lentement envoûter par son charme maléfique, et je ne devais pas tarder à commencer mes errances dans ses rues grises, à l'instar de tous ses habitants. Mais j'ai beau me secouer, je n'arrive pas à chasser de mon esprit une obsédante image. Il faudra que j'en parle au commandant. Jamais je n'ai vu des yeux d'un bleu pareil.

Les mystères de l'Orient sont souvent la matérialisation d'un rêve incongru, et les apparitions des *Mille et Une Nuits* se font aux moments les plus inattendus. Que pouvait-elle bien faire dans cet endroit, lieu de rendez-vous de tous les militaires de la ville ?

J'étais juché sur un tabouret du comptoir.

« Pardon, monsieur, puis-je m'asseoir ici ?

– Certainement, mademoiselle.

– Merci.

– Et puis-je, moi, prendre la liberté de vous offrir quelque chose ?

– Pourquoi pas ?

– Qu'est-ce que vous prenez ?

– Un café.

– Alors ce sera deux cafés, garçon.

– Vous arrivez de France, il me semble.

– Cela se remarque-t-il à ce point ? Voilà déjà quelque temps que je suis en Algérie.

– Vous êtes militaire ?

– Oui.

– Vous effectuez votre service en Algérie ?

– Pas vraiment. En fait, je suis soldat de métier.

– Ah !...

– Buvez donc votre café, il va refroidir.

– Pourquoi avez-vous choisi la carrière militaire ?

– Je n'en sais trop rien. Un peu par vocation, un peu par convention. Mon père, mon grand-père et la plupart de mes aïeux ont servi dans l'armée. La tradition et ma famille voulaient que je m'y consacre aussi. Mais parlons plutôt de vous. Pourrais-je connaître votre nom ?

– À quoi cela vous servirait-il ?

– Mais à vous appeler par votre nom. C'est plus sympathique, non ?

– Il faut que je parte. Merci pour le café. Mon nom ne vous servirait à rien puisque nous ne nous reverrons pas.

– Justement, j'aimerais beaucoup vous revoir.

– Pourquoi ?

–Pour mieux vous connaître. Venez-vous souvent dans ce café ?

–Non, c'est la première fois.

–Vous attendiez quelqu'un ?

–Si l'on veut.

–Pourquoi vous sauvez-vous si vite ? J'aimerais tant vous revoir.

– Peut-être le hasard... Adieu. »

9

« Alors, capitaine, déjà au travail ?

– Il le faut bien, mon commandant, avec tout ce que l'on nous demande.

– Vous devriez néanmoins vous reposer de temps en temps. Votre concours nous est précieux, et je n'aimerais pas vous voir tomber malade.

– Quand je ne travaille pas, je m'ennuie. Que peut-on faire d'autre, avec ce temps, dans cette ville ?

– C'est vrai, cette ville n'a jamais pu s'accommoder du mauvais temps, elle n'y est pas préparée. Sa subtile architecture perd alors toute sa signification. C'est une ville créée pour briller au soleil. Et je n'ai jamais vu pareil mois de décembre. Tout se dérègle. Ma femme n'arrive pas à s'adapter à ce climat, elle devient de plus en plus chagrine au fil des jours. Elle s'ennuie elle aussi, et mon travail ne me laisse guère de temps à lui consacrer. Elle n'ose rien dire, pour ne pas me contrarier, mais je crois qu'elle a fini par prendre cette ville en horreur.

« Mais revenons à vous, capitaine, comment trouvez-vous cette ville ?

– Étrange est le seul qualificatif que je puisse lui donner. À ce propos, si vous le permettez, j'aimerais vous entretenir d'un sujet assez particulier. J'ai longtemps réfléchi avant de me décider à vous en parler. Et même maintenant, je ne sais trop si je dois le faire. C'est une affaire qui se présente de façon relativement ambiguë.

– Capitaine, je suis sûrement votre supérieur, mais j'aimerais pouvoir aussi remplacer en partie ce père que vous n'avez plus. Que diable, ne me considérez pas uniquement comme une machine à donner des ordres.

– Voilà. C'est à propos d'une jeune fille.

– Oui…

– Je pense que c'est une musulmane. Extrêmement belle.

– Continuez donc.

– Ce n'est peut-être pas tout à fait ce que vous vous imaginez. Je crois qu'il est préférable de vous raconter toute l'histoire. Vous me donnerez votre sentiment. Voici.

« J'ai surpris un soir, en rentrant chez moi, une entrevue entre deux jeunes gens, un garçon et une fille. Entrevue au cours de laquelle ils n'échangèrent que quelques phrases. Maintenant encore, j'ignore ce qui, exactement, attira mon attention ; toujours est-il que je décidai de suivre la jeune fille mais elle disparut aussitôt au détour d'une ruelle.

« Quelques jours plus tard, je l'ai retrouvée dans un café essentiellement fréquenté par des militaires. Par hasard, semblait-il. Une conversation s'engagea entre nous, sur son initiative d'ailleurs. Mais cette fois-là encore, brutalement, elle s'échappa. Cette aventure me hante depuis plusieurs jours. Sa conduite, ce jour-là, fut pour le moins bizarre. Ce n'est qu'une intuition, mais j'ai le pressentiment qu'elle appartient à l'organisation terroriste de cette ville. Son entrevue avec le garçon pouvait être un contact convenu entre deux agents pour la transmission d'une quelconque information. Elle a pu se rendre compte que je la suivais et décidé d'entrer en contact avec moi pour savoir qui j'étais.

– Pardonnez-moi, capitaine, mais je crains que votre hypothèse ne soit quelque peu fantaisiste. En tout cas, elle ne semble reposer que sur des bases bien minces.

– Je sais, mon commandant. C'est pour cette raison que j'hésitais à vous en parler.

– Il existe dans cette ville beaucoup de jeunes filles qui veulent afficher leur indépendance. Ou qui sont particulièrement impulsives : à cet âge la raison tient bien peu de place dans nos actes. Par ailleurs, vous semblez sous-estimer votre charme personnel, jeune homme. Il n'est peut-être pas indifférent dans l'histoire. Si jeune et déjà capitaine, l'allure légère, le pas souple et le sourire éclatant, vous personnifiez à merveille le prince charmant du vingtième siècle. En vérité, il est difficile de tirer des conclusions valables à partir de si peu d'éléments.

– Je persiste à croire qu'il y a quelque chose de troublant dans cette histoire.

– De toute façon, nous n'avons aucune possibilité d'action pour le moment : nous ne possédons aucun élément qui nous permette seulement de l'identifier. Attendons qu'il y ait du nouveau, s'il y en a jamais. C'est à mon avis la solution la plus sage.

– J'aimerais au moins consulter notre fichier.

– Si vous y tenez, capitaine, mais je serais étonné que vous trouviez quelque chose sur elle. »

10

MALEK

Étrange histoire ! La roue tourne trop vite, et à mon tour je me sens perdre pied.

Ainsi, Djamila a quitté Hamid qui souffre en secret d'une lancinante détresse.

Il l'avait amenée à l'université par un beau jour d'automne, la tenant par la main, et les étudiants ébahis se demandaient où il avait pu découvrir et apprivoiser cette gazelle dont les yeux gardaient encore les brumes de ses anciennes solitudes. Je n'allais pas tarder à me poser en rival de mon ami d'autrefois. Mais mes assiduités devaient rester vaines.

Djamila ne voyait que par les yeux de Hamid, qui voulait à tout prix lui apprendre les mathématiques. Et, souriante, elle écoutait, sans les suivre, ses longues démonstrations.

HAMID

Il me faut aujourd'hui parvenir au bout de mes errances.

J'ai longtemps poursuivi la gazelle de mes cris de détresse, mais je l'ai vue se perdre dans des sables où je n'ose m'aventurer à mon tour, n'ayant jamais reçu la prime confidence, sésame qui m'aurait permis de franchir sans danger les portes du temple. Je n'ai pas eu de père pour m'initier lentement, jour après jour, au savoir inconnu. Brusquement surgi du néant, sans passé et sans ancêtres, je n'ai souvenir que d'une solitaire enfance.

Longtemps je suis resté dans l'attente de mon amour disparu sans même un signe d'adieu, et le cuir des sangles qui m'attachaient à mon lit d'hôpital s'enfonçait dans ma chair. Songeur, le médecin hochait lentement la tête, incapable de diagnostiquer l'origine de l'étrange mal qui me consumait. Et je lisais dans les yeux de l'infirmière qui me soignait une indicible pitié.

Nos relations ne furent que des quiproquos renouvelés.

LE POÈTE

Amoureux, le chasseur de vipères observe aujourd'hui des pudeurs de sylphide.

HAMID

Non, mais c'est le fils de la folle qui se débat aujourd'hui contre une acariâtre hérédité.

MALEK

Ainsi Djamila inconsciente finira par perdre Hamid. Et voici qu'après une longue absence, je l'ai aperçue dans une rue de la ville, au bras d'un militaire.

LE POÈTE

Pourvu, pourvu que n'ait pas lieu la fatale rencontre.

MALEK

Le rival éconduit que je suis devrait se réjouir de voir supplanté le fiancé en titre, et de se retrouver, somme toute, opposé à un adversaire de moindre envergure. Mais je ne puis admettre de voir la gazelle disputée, certes, mais néanmoins nôtre – abandonnée aux mains de l'étranger, aux mains du vainqueur. Que nous reste-t-il aujourd'hui, si même nos vierges nous désertent ?

HAMID

Évadé de l'hôpital où l'on me tenait prisonnier, j'ai couru dans la nuit silencieuse de la ville, poitrine découverte et visage en sueur, cherchant à échapper au bruit de mes pas sur le pavé des rues. Les chats et les chiens nocturnes me fuyaient, et je courais plus encore, craignant de retomber aux mains de mes gardes-chiourme.

À bout de souffle, j'ai buté contre les grilles du port où je me suis affalé. Silencieusement, un homme est venu me soulever puis m'a porté dans une maison. Ensuite, il m'a parlé. Et je l'ai écouté

Suis-je aujourd'hui parvenu au bout de mes errances ? Ah ! Je n'ai pas le goût du malheur, mais au lendemain de ma naissance, ma mère me refusait son sein !

11

« Alors, capitaine, arrivez-vous à vous habituer à ce temps, à cette ville et à ses habitants ?

– J'y suis bien obligé.

– À propos, vous ne m'avez plus reparlé de cette jeune fille au comportement étrange. Avez-vous consulté notre fichier ?

– Oui, mais elle n'a pas de dossier chez nous.

– Donc, c'est le black-out total à son sujet ?

– Si l'on veut. Mais pourquoi me parlez-vous d'elle ? Vous avez dit vous-même que nous avions de bien plus graves questions à débattre.

– Pardonnez-moi de jouer ainsi avec vous. J'ai moi-même vérifié son absence dans notre fichier mais, intrigué par les propos que vous m'avez tenus, j'ai ordonné une enquête.

– Ah ! Et qu'avez-vous appris ?

– Fort peu de chose en vérité. Elle poursuit actuellement des études d'histoire à l'université. Elle serait née en Oranie, mais nous n'avons rien de très précis à ce sujet car elle n'a été enregistrée à la mairie que bien après sa naissance. On la dit fiancée à un jeune homme né on ne on ne sait où ni quand. Il est étudiant en mathématiques. Un garçon extrêmement brillant, d'ailleurs : les appréciations de ses professeurs sont excellentes. C'est probablement en Oranie que les deux jeunes gens ont dû faire connaissance. Il l'aura amenée avec lui. Sur lui, rien à dire. Mais on a effectivement remarqué, en ce qui la concerne, des comportements singuliers. Certains de ses déplacements et de ses entrevues ne s'expliquent pas aisément. Voilà le peu que nous savons. Mais je ne vous apprends peut-être rien…

– Que voulez-vous dire ?

– Pardonnez-moi. Les vieilles habitudes du métier commencent à devenir une seconde nature chez moi. Vous êtes un homme important, capitaine. Vous êtes envié, admiré, et de toute façon en vue. On a pu ainsi remarquer ces derniers temps vos fréquentes entrevues avec elle.

– Ainsi vous le saviez !

– Oui. Notre métier est, je ne vous apprends rien, de chercher à savoir toujours et partout. Et un homme comme vous ne peut passer inaperçu. Je m'étonne surtout de la persistance de votre silence à ce sujet.

– C'est qu'il y a peu à en dire… Je l'ai retrouvée au café où avait eu lieu notre première rencontre. Je n'ai pas l'habitude de le fréquenter et je ne sais ce qui, ce jour-là, m'a poussé là-bas. Elle se trouvait assise au fond de la salle. En m'apercevant, elle voulut s'éclipser, mais je tenais trop à la revoir et je ne l'ai pas laissée faire. C'est ainsi que j'ai repris contact avec elle. Mais aujourd'hui, je ne connais toujours rien d'elle et ne suis pas plus avancé qu'au premier jour.

– Et que pensez-vous maintenant de l'hypothèse que vous formuliez alors ?

– Je ne sais que vous dire. Je suis devenu bien plus indécis encore.

– À toutes fins utiles, je l'ai fait surveiller et suivre par la police.

– Pourquoi cela ? Avez-vous des raisons sérieuses pour la soupçonner ?

– Aucune, mon ami, aucune. Je vous l'ai dit tout à l'heure, on ne peut que noter certains comportements étranges.

– Alors ?

– En vérité, je n'ai commencé à m'y intéresser véritablement qu'à partir du moment où j'ai appris que vous vous voyiez assez souvent. C'est alors que j'ai ordonné qu'on effectue une enquête sur elle et que je l'ai fait surveiller afin d'essayer d'en savoir plus sur son compte. Notre métier nous contraint à nous méfier de tout le monde. J'ai déjà dû vous le dire, les agents de leur organisation peuvent se recruter aussi bien parmi l'enfant qui joue aux billes que chez la naïve étudiante qui fait semblant de ne s'intéresser qu'à ses cours. Or vous avouerez que nous avons aujourd'hui quelques raisons de considérer cette fille comme pour le moins mystérieuse.

– Mystérieuse, oui, en effet, elle l'est.

– Nous devons nous montrer plus que jamais vigilants. L'ennemi doit bien se douter maintenant de ce que nous sommes en train de préparer. Il nous faut prévoir dans notre plan une éventuelle réaction de leur part. Et ma déjà longue expérience m'a appris à devoir l'attendre plus tôt que prévu.

« Qui nous dit, après tout, que cette fille n'a pas été envoyée spécialement pour entrer en contact avec vous, après avoir convenu d'une entrevue prétexte sur la passerelle, au moment de votre passage, dans le but d'attirer votre attention ? Ne trouvez-vous pas ces rencontres dans ce café pour le moins étonnantes ? Après tout, vous êtes le bras droit du chef de l'organisation qui a été mise en place pour détruire la leur. C'est l'histoire classique. Une belle jeune femme entre en relation avec un charmant capitaine. Certains entretiens habilement menés peuvent conduire à des confidences du plus haut intérêt. C'est peut-être précisément la riposte que j'attends.

– Ici, je vous arrête tout de suite. Ce n'est sûrement pas le genre de femme à se prêter à de tels projets. En outre, ma courte expérience a néanmoins pu m'apprendre qu'ils se sont toujours battus de la façon la plus franche, et n'ont jamais usé de procédés tels que ceux que vous venez de décrire.

– Je dois à la vérité de corroborer vos dires. Mais le sentiment de l'imminence d'un danger inconnu…

– Je ne puis le croire, mon commandant, d'autant que mes relations avec cette jeune fille ne sont pas tout à fait ce que vous pourriez vous imaginer. Elle me parle de choses étranges et j'essaie surtout de la comprendre.

Mystérieuse, oui, c'est le mot. Elle demeure pour moi une lancinante énigme et je ne peux en détacher mes pensées. Cela n'a rien à voir avec les mystères de l'Orient où j'ai été plongé en arrivant ici. Il s'agit d'autre chose, de bien plus déconcertant. Oui, ce pays est vraiment étrange, et étranges sont ses habitants. »

12

« Si-Hassan, J'ai une nouvelle pour vous.

– Entre, Malek.

– Une très mauvaise nouvelle.

– De quoi s'agit-il ?

– Djamila a réapparu. Je l'ai aperçue ce matin à l'université.

– Qu'y a-t-il de mauvais dans cette nouvelle ? Personnellement, j'en suis content. Je pense que, ces derniers temps, des problèmes personnels l'ont tenue éloignée. Les ayant réglés, elle revient auprès de nous. Je commençais à m'inquiéter sérieusement à son sujet.

– Ce n'est pas tout.

– Qu'y a-t-il d'autre ?

– Je l'ai aperçue de loin et j'ai voulu la rejoindre. C'est alors que j'ai pu observer que des hommes faisaient un étrange manège autour d'elle. J'ai maintenant la certitude qu'elle est suivie.

– Suivie ? Par qui ?

– Je l'ignore.

– Curieuse nouvelle que tu m'apportes là.

– J'en suis aussi étonné que vous. D'autant qu'il y a autre chose, dont je n'ai pas voulu vous parler auparavant. Ces derniers temps, on a beaucoup vu Djamila en compagnie d'un militaire.

– En compagnie d'un militaire ?

– Oui.

– Diable, tout cela est bien préoccupant. Aurais-tu une quelconque explication, Malek ?

– Aucune. Que comptez-vous faire ?

– D'abord essayer d'en savoir plus. Pour le moment, évite tout contact avec elle.

13

LE CAPITAINE

Le commandant Étienne m'inquiète. J'ai la nette impression qu'il ne m'a livré qu'une partie de la vérité. Sous ses airs protecteur et bon enfant, il se méfie de moi, en réalité. Que mijote-t-il ?

MALEK

Que va faire Si-Hassan ? Quelle décision va-t-il prendre ? Cette manière de se confiner ainsi dans son bureau ne me dit rien qui vaille.

LE CAPITAINE

À bien y penser, il est évident qu'il ne m'a révélé qu'une partie de la vérité concernant ses entreprises, et surtout concernant Djamila. Il faut que je puisse en savoir plus.

14

« Vous nous devez quelques explications, Si-Hassan. J'avoue ne pas saisir encore la raison de la brutale décision que vous venez de prendre.

– Crois-moi, Malek, mon ami, ce ne sont pas les explications qui manquent.

– Mais il me semble que cette fois les limites sont dépassées. Donner à un homme l'ordre d'assassiner sa fiancée, une jeune fille de vingt ans !

– Penses-tu donc que je m'y sois résolu de gaieté de cœur ?

– En apprenant la nouvelle, je me suis précipité ici, tant ma conscience était révoltée.

– On n'arrête pas de me désobéir, ces derniers temps. J'avais pourtant donné l'ordre de te taire la nouvelle. J'appréhendais tes colères, tes débordements, les explications qu'il faudrait donner, alors que j'ai beaucoup de choses à faire, et si peu de temps.

– Je ne sortirai pas d'ici avant d'avoir eu des explications.

– La colère t'aveugle. As-tu oublié à qui tu t'adresses ?

– Si grand que vous soyez, il faudra bien qu'un jour vous rendiez compte de vos actes.

– Je maintiens les ordres que j'ai donnés. Un jour, des hommes ont surgi de la nuit, les armes à la main, pour remettre en cause une défaite séculaire. On parla de rebelles, de terroristes, de groupuscules, de bandits de grand chemin. Il est vrai que le mouvement aurait pu dégénérer en banditisme. C'est le danger qui guette toute action de ce genre. Mais deux années plus tard, on avait définitivement franchi ce cap dangereux. L'insurrection armée se muait alors en révolution, et nous sommes parvenus à faire admettre ce point de vue au monde entier. Il fallut alors examiner très soigneusement tout recrutement, instaurer et maintenir partout dans les rangs une discipline très stricte afin d'empêcher quiconque de discréditer cette révolution par des exactions quelconques. Et c'est au nom de cette révolution que nous pouvons aujourd'hui demander jusqu'à l'accomplissement d'actes que la conscience réprouve.

– Je ne le nie pas, Si-Hassan. Mais la mort de cette fille ne m'apparaît nullement indispensable.

– Elle l'est.

– Et pourquoi est-ce justement Hamid qui a été chargé de l'abattre ? Savez-vous ce que cette jeune fille représente pour lui ?

– Hamid est le seul à pouvoir l'approcher sans éveiller les soupçons de ses suiveurs. Ses relations avec Djamila sont connues de tous.

– Je trouve votre décision bien hâtive. Rien n'oblige à sacrifier Djamila.

– Sois réaliste, Malek. Tu connais la situation dans laquelle nous nous trouvons. Nous sommes réduits à nos plus ultimes retranchements. Vivante, cette fille constitue pour nous un terrible danger. Au cours de ses activités, elle a eu à connaître des informations de la plus haute importance sur notre organisation. Tu sais aussi les moyens qu'ils emploient pour faire parler. Si cette fille tombe entre leurs mains, nous sommes définitivement perdus.

– S'ils avaient voulu l'arrêter, ils l'auraient déjà fait. Pourquoi seulement la surveiller et la suivre alors qu'au départ ils auraient pu l'emmener et l'interroger à loisir dans leurs locaux ?

– Ils la surveillent et la suivent peut-être dans l'espoir de la voir les mener vers un plus gros gibier. C'est une tactique qu'ils utilisent parfois. Ils en ont les moyens. Ils ont établi autour d'elle un formidable réseau de surveillance. Toute personne qui l'approche est automatiquement suivie, suspectée, fichée.

– Cela reste des hypothèses.

– Hypothèses ? Par où es-tu entré en venant ici ?

– Pourquoi cette question ?

– Réponds-moi.

– Par le souterrain, comme d'habitude. Pourquoi ?

– Parce que Djamila était ici, il y a quelques instants.

– Ici ?

– Oui. Elle est venue me voir.

– S'est-elle aperçue de la surveillance dont elle est l'objet ?

– Non. Autrement elle ne serait pas venue.

– Le lui avez-vous appris ?

– Non.

– Pourquoi ?

– Il n'est pas nécessaire qu'elle le sache. Cela ne pourrait que l'amener à se trahir en adoptant un autre comportement. Elle donnerait ainsi l'éveil à la police qui pourrait décider de l'arrêter immédiatement, ce qu'il faut éviter.

– Mais en venant ici, elle y a conduit l'ennemi.

– Elle l'a au moins conforté dans ses soupçons. Cet immeuble est repéré et, depuis quelque temps, des hommes tournent autour de lui et le surveillent. Notre prétendue officine d'import-export ne fera pas longtemps illusion.

– Alors nous sommes en danger ici. Ils peuvent arriver d'un moment à l'autre.

– Oui. Nous disposons encore, dans le meilleur des cas, d'une heure ou deux. Le temps que ces policiers transmettent à leur chef l'information, et que des ordres précis soient donnés.

– Que faut-il faire alors ?

– Djamila est la seule que nous ne puissions pas prévenir sans être remarqués, donc celle qui a toutes les chances de tomber entre leurs mains. Elle doit mourir avant que ne soient investis ces locaux. Avant. C'est vital pour nous.

– Pensez-vous que Hamid obéira ? Et à temps ?

– Tout a été prévu pour qu'à six heures. Djamila soit morte. J'ai fait tout ce qu'il m'a été possible de faire. Que Dieu nous assiste. »

15

MALEK

Nous voici aujourd'hui devant l'inévitable terme. Djamila est irrémédiablement condamnée. Et voici justement Hamid, lamentable, qui traîne ses pas vers moi.

HAMID

Voici mon plus ancien ami. Déjà, il sait le drame, et déjà, il prépare ses sermons.

MALEK

Comment l'aborder et comment lui parler ?

HAMID

Il n'ose m'aborder; il demeure à quelques pas, circonspect.

MALEK

Hamid, quelle horrible jeunesse que la nôtre!

16

Hamid

Et voici que maintenant mon ami se prend de pitié pour moi. Quelle existence absurde ! Mon ancien camarade de classe, devenu mon ami par un étrange paradoxe, m'a déjà trahi deux fois.

Notre première rencontre, sous le regard de jeunes vierges à peine nubiles, fut d'abord un défi, la promesse de futurs duels.

Par hasard, j'avais brusquement surgi un jour au fond de la classe, le crâne rasé, les souliers boueux, berger privé de son troupeau, de ses champs, de ses mares, de ses moineaux, de ses ivrognes débonnaires, de ses vipères. Regards curieux qui se tournent vers moi.

Rires étouffés. Le mutisme du sauvage voyou n'augurait rien de bon. J'étais ressorti en hâte mais la récréation me livra au soleil et aux curiosités.

Regards qui s'appesantissent. Le mien plane. Et se fixe sur des yeux verts.

Le superbe enfant de la noblesse algérienne se tenait devant moi. Chef de par la tradition, sévère mais incontesté, je devais l'apprendre, il dominait tout, à l'intérieur comme à l'extérieur de la classe. La nuit, les jeunes Françaises rêvaient de lui.

Ignorant tout de moi, il se trouvait en fait déjà perdu. Malek était fort mal préparé au combat que nous allions engager. Et je devais toujours garder de mes victoires un étrange goût d'amertume, une impression d'imposture. Mon dénuement fut de tout temps ma force. Dès ma plus tendre enfance, je rampais parmi les lézards et les vipères, genoux et coudes endoloris, visage en sang. J'avais grandi parmi les chèvres maternelles, prodigues de lait et de coups de sabot dont mon crâne rasé affichait les marques pour l'amusement des passants.

Nos regards qui s'accrochent, se jaugent, défient. Passe d'armes silencieuses. La cloche met fin au premier round.

Dans la cour de l'école, de trop tentantes noisettes tombées d'un arbre du jardin devaient marquer pour moi le début d'un étrange itinéraire de défi et de séduction. J'allais repartir, les poches pleines, quand un grincement me fit tourner la tête. Portail refermé, j'étais pris au piège. Regards à l'entour. Non, la clôture était trop haute, et moi trop petit. Effarement du renard surpris en pleine basse-cour. Une très jeune fille s'amuse de mon désarroi. Foncer la tête basse et la renverser sur mon passage – n'était la longue cravache qu'elle tenait à la main. Aujourd'hui, c'est le chasseur qui devient proie.

Et la moqueuse fille du directeur de l'école, debout devant le portail, attendait, souriante, la capitulation volontaire.

Je demeurai un instant immobile. Sorti de

l'effarement des premiers instants, je me mis tranquillement à manger mes noisettes, les cassant avec mes dents.

Depuis l'enfance, ma vie même était une provocation. Impitoyable et farouche, je m'étais vite fait connaître de mon troupeau et des vipères. Berger au crâne rasé, je m'évertuais à commander aux sauterelles de s'abattre en nuées sur les meilleurs champs de vigne.

Elle jeta sa cravache d'un geste ostensible et avança vers moi lentement, sourire aux lèvres.

Immobile, je la regardais approcher. Elle s'arrêta à un mètre de moi. Je ne bougeai toujours pas. Puis, précautionneusement, elle s'assit.

« Elles sont bonnes ? »

Elle me fixait de ses grands yeux de biche. Allais-je en profiter pour détaler prestement, lézard surpris au soleil ?

Pour ne pas m'effaroucher, elle évitait tout mouvement brusque et m'adressait un sourire qui se voulait rassurant. Mais ses lèvres tremblaient.

Avoir ainsi à portée de main l'insaisissable voyou !

« Tu m'en donnes une ? »

Elle tendit la main. Mutisme. Je la lui offris cassée. Avec mes dents.

LE POÈTE

Et le farouche berger se trouva dompté par l'audacieuse vierge. Ce sont toujours les vierges qui nous ont domptés, des cavaliers numides aux guerriers d'Abd El-Kader. Celles d'aujourd'hui s'exercent sur de petits voyous.

HAMID

Par son père, elle devait m'imposer à l'école communale, malgré les protestations des parents d'élèves. Et, étrangement docile, je me laissai conduire par la main dans la prison, à portée de baguette des gardes-chiourme. Je n'en renonçais pas pour autant à mes habitudes et à mes chèvres, mais je rossais quiconque osait médire de ma vestale au regard si grand.

Mais les vierges et leur père nous ont toujours dominés sans nous comprendre.

LE POÈTE

Quelle que puisse être son histoire, l'Arabe a toujours conservé au fin fond de ses entrailles le souvenir de son ancestral berceau, immense étendue de sable chaud, et la fascination du mystère de l'eau fraîche, pure et douce, au fond du puits, à l'ombre des palmeraies, qui humecte sa gorge brûlante. Mais, découverte au grand jour, cette eau devient chaude et saumâtre. L'eau et la femme, sources de vie, demeureront toujours pour lui l'objet d'un culte mystique, et toujours il s'évertuera à les préserver de toute altération extérieure.

HAMID

Je devais rapidement gravir les différentes classes, élève étonnant, partagé entre deux mondes et passant de la conjugaison des verbes irréguliers au décompte des œufs de moineau à moitié écrasés dans mes poches invraisemblables.

Elle me recevait chez elle tous les jeudis, en l'absence de son père, occupé aux affaires de la commune, et tâchait d'apprivoiser mes manières, me retenant près d'elle avec du pain au chocolat. Mâchonnant, je l'écoutais sans la comprendre. Je décrochai brillamment mon certificat d'études et, le jour même, elle m'entraîna au bord du lit. La vestale perdit alors tout pouvoir magique. Le carrosse redevenait citrouille et déjà, au sortir du lit, j'étais réticent à ses caresses.

Je repris un instant mes emplois buissonniers avant de rejoindre le collège du village voisin.

17

MALEK

Hamid allait suivre un long cheminement, depuis le jour où il apparut sans crier gare dans le fond de notre classe. Surgie du néant, hors de toute norme, une intelligence de premier plan allait déborder les barrières et briser les cloisons.

Entre nous, après les premiers engagements, il fut tacitement convenu d'une trêve sac au dos, non pas en vue de nous permettre de reprendre des forces, mais afin de mieux nous observer et de déterminer si nous étions adversaires décidés à ne pas céder un pouce, ou s'il fallait simplement engager un combat sans but, pour l'honneur et la gloire de se battre.

Notre amitié prit d'abord la forme d'un compagnonnage de raison. Je l'accompagnais partout au cours de ses multiples et fréquentes équipées. Il était actif, taciturne, décidé. Ses conversations se résumaient souvent à des ordres impératifs. Ses rares confidences éclataient brusquement, inopportunément, vous assaillaient et vous débordaient de toutes parts :

« Les mathématiques sont la seule véritable science. Tout le reste n'est que fioritures, ensemble de règles et préceptes destinés à masquer un vide essentiel et surtout à décourager les amateurs. En mathématiques, les règles sont claires et connues à l'avance. C'est le seul modèle d'une véritable démocratie. »

HAMID

Au collège, j'allais mettre en place et régenter divers petits commerces qui s'avérèrent très vite fort fructueux. Avec l'aide de Malek, devenu mon inséparable compagnon, mes affaires allaient prendre, dans l'enceinte de l'école, une telle envergure et un tel caractère que les professeurs et le directeur s'en inquiétèrent. Mais le concours de l'École normale approchait. Nous en franchîmes les portes, moi en tête, et Malek me talonnant de près, évitant de justesse l'éclatement du scandale.

Mais devant ses désirs de confidences, je demeurai toujours réticent. Je savais qu'il voulait me parler de son père.

MALEK

Dans mon pays, le ciel est souvent bleu et la nuit nous prodigue la lueur des étoiles.

Toute autre chose allait être l'École normale : une enceinte fermée, où vivaient deux cents jeunes, dans la force brute de leur âge et de leurs certitudes.

HAMID

Soumis à une même discipline, tous les anciens privilèges abolis, nous nous retrouvions égaux. J'y trouvai un milieu qui me convenait et ma passion des mathématiques se donna libre cours. Mais en y entrant, nous devions nous heurter aux habitudes établies par les anciens.

MALEK

Ces mêmes anciens, ces professeurs, ce directeur ignoraient ceux qu'ils venaient de laisser s'introduire dans la blanche prison. Les anciens se pavanaient devant nous, arrogants et supérieurs. Hamid exultait en sourdine.

Les nouveaux élèves avaient à être « baptisés » normaliens et devaient accomplir, devant une assistance joyeuse, les quatre volontés d'un tribunal, exclusivement composé d'anciens. Il fallait aussi subir pendant un certain temps toutes sortes de brimades et de mauvaises plaisanteries de leur part. Et Hamid souriait toujours.

Il avait déjà minutieusement mis au point son plan. Il me l'exposa quelques jours plus tard.

Il fallait dès le départ organiser un terrorisme systématique et extrémiste à l'intérieur de l'école. C'est ainsi que les « troisième année » se virent réveillés en sursaut en plein milieu de la nuit par le bruit de bouteilles qui se brisaient avec fracas sur le plancher de leur dortoir. Le fait se renouvela à trois ou quatre reprises. Étonnés, désorientés, ils demeuraient incapables d'agir. Puis le mouvement s'accéléra, s'amplifia. Les anciens élèves trouvaient parfois leurs lits inondés d'eau, leurs couvertures et leurs draps déchirés. Un jour, les cadenas de leurs armoires furent fracturés et leurs habits jetés pêle-mêle par la fenêtre du dortoir dans une grande mare d'eau stagnante.

L'effervescence grandissait. Les premiers instants de stupeur passés, les anciens s'organisèrent en commandos et établirent une surveillance très étroite de l'ensemble des nouveaux élèves. Surveillance vaine, car les rares à être au courant observaient par solidarité la loi du silence. C'est alors que l'inquiétude gagna devant le caractère de plus en plus violent de ces actions. Nouveaux comme anciens avaient peur. Ainsi on mit les surveillants dans la confidence, qui en parlèrent aux professeurs, qui en saisirent le directeur.

Je suivais Hamid avec de plus en plus de réticence.

18

HAMID

Malek lui-même était effrayé par ma violence et ne me suivait qu'avec une réticence de plus en plus marquée.

Le premier objectif, l'installation d'une terreur générale au sein de l'école, était presque atteint. Les réactions furent diverses. Les surveillants, joyeuses canailles, se liguèrent aussitôt avec des anciens élèves. Les professeurs protestèrent et demandèrent des mesures efficaces. Le directeur, petit homme calme et pondéré, était manifestement dépassé par les événements et ne pouvait que s'étonner.

Il fallait passer à la deuxième partie du plan.

MALEK

La seconde partie du plan allait introduire l'anarchie dans les salles de classe, pendant les cours.

Les élèves de notre promotion adhérèrent avec enthousiasme quand il leur fut proposé l'organisation de « chahuts » systématiques pendant les heures de cours. Ils répugnaient à la violence et préféraient de loin cette nouvelle forme de manifestation. Mais les violences continuèrent parallèlement, tandis que les professeurs se voyaient tous chahutés. Le comble n'allait pas tarder à être atteint. Le mobile de ces actions leur échappait totalement. Il s'agissait en fait de violence gratuite, pour la seule satisfaction d'un ancien berger que tout déchirait.

HAMID

Malek, de plus en plus réticent, s'opposait maintenant ouvertement à mes actions. Parfois, certaines violentes discussions nous menaient au bord de la rupture.

Il avait manifestement d'autres préoccupations, mais je ne l'écoutais jamais. Nous ne pouvions être du même bord et notre ancienne connivence n'allait pas tarder à éclater, nous rejetant dans nos camps respectifs. Et mes vieilles rages me reprenaient. À dix ans, si on me contrariait, je mettais partout le feu, en plein été, créant parfois de véritables incendies. C'est ainsi que l'on vit un jour s'échapper de la fumée de l'un des dortoirs de l'école.

19

MALEK

Un jour, il fut mis le feu à l'un des dortoirs de l'école. Cela consomma la rupture entre Hamid et moi. Redevenus de vieux adversaires, nous nous mîmes à nous observer de loin. Alors, pendant quelques jours, Hamid sembla désemparé. En fait, au cours de nos duels, de nos compagnonnages, de nos amitiés, Hamid manifestera toujours à mon égard un étrange mélange de crainte et de respect que je n'ai jamais pu comprendre.

Une nouvelle fois, sans qu'aucun de nous ait pu remarquer le point d'inflexion, l'atmosphère allait changer du tout au tout au sein de l'école. Ce garçon possédait un extraordinaire pouvoir d'action sur les événements, qui semblaient toujours se plier à ses désirs.

Je me souviens de notre professeur de français, petite demoiselle fraîchement débarquée de sa Bretagne natale, sa maîtrise sous le bras et promenant à travers les vastes galeries de l'école ses yeux naïfs et tendres.

Elle devait constituer l'une de nos victimes de prédilection. Et ces joyeux gaillards, hirsutes et chevelus, secrètement amoureux de son image de douce sylphide, dans un de ces paradoxes de nos adolescences, s'acharnaient sur elle, sans pitié et sans répit.

C'est pendant ses cours que notre chahut atteignait son paroxysme. Un jour, le chahut dura sans répit pendant une heure. Elle avait longtemps lutté. Mais les zéros et les retenues n'y faisaient rien. Par son inexpérience et ses réactions malheureuses, elle ne pouvait qu'accélérer le désastre. Elle continua courageusement son cours, ses petites paroles noyées dans une extraordinaire cacophonie de bruits et de cris.

Trente secondes avant la sonnerie marquant la fin du cours, ses nerfs lâchèrent ; elle éclata brusquement en sanglots et s'affala sur son bureau. Puis elle se releva et sortit en courant.

Un profond silence pesa. Les élèves baissaient les yeux. Alors Hamid se leva et proposa d'arrêter définitivement le chahut. Sa proposition fut accueillie avec soulagement.

Je lui souris mais il ne daigna pas me regarder.

HAMID

Où pouvait-elle bien être partie ? Chez le surveillant général probablement. Ce gros lard, ridicule et plein de suffisance, fiancé par ailleurs, était amoureux d'elle et, à longueur de journée, la poursuivait de ses assiduités, sous nos regards moqueurs. Elle essayait de le contenir, perdant chaque jour du terrain, lasse, mais ne pouvant ouvertement rabrouer le bras droit du directeur.

Un coup d'œil à travers la fenêtre de son bureau. Non, elle n'y est pas. Chez le directeur, alors ? Un regard par le trou de la serrure.

Bureau vide. Sûrement dans la salle des professeurs. J'ouvre doucement la porte. Personne.

Le cours suivant doit avoir commencé, maintenant. Tant pis, je continue à chercher. Je l'ai finalement retrouvée dans un endroit retiré, derrière le gymnase, cachée à tous les regards. Je m'approche doucement. Elle me tourne le dos, appuyée contre le grillage, et sanglote doucement, à petits coups.

Je m'arrête à quelques pas. Elle a dû m'entendre, mais reste néanmoins immobile.

« Je… Nous… »

Silence.

« Nous sommes désolés… »

Silence.

« Je vous prie de bien vouloir nous pardonner. Cela ne se renouvellera pas. » Silence.

Je m'approche silencieusement et dépose un furtif baiser sur sa tempe et je m'enfuis rapidement, tandis qu'elle se retourne, ébahie.

20

MALEK

Deux autres élèves et moi assistions à la scène, cachés derrière la rambarde du stade. La nouvelle se propagea comme un feu de poudre à travers l'école. Hamid a embrassé la prof de français !

Il devint rapidement un héros, ce que n'avaient pas réussi à faire de lui ses précédentes activités. Les élèves préféraient ce dernier genre d'exploit.

L'histoire ne tarda pas à venir aux oreilles du surveillant général, qui en devint furieux. Il se mit alors en devoir de persécuter systématiquement Hamid. Ce dernier évitait avec une incroyable aisance tous les pièges tendus. Et le surveillant général grognait de fureur, conscient des limites de son autorité et n'osant lui déclarer ouvertement la guerre. Les diverses exactions cessèrent et ceux qui tremblaient autrefois relevèrent la tête. Sentant cette période définitivement révolue, et identifiant intuitivement celui qui était à l'origine de cette terreur, ils accumulèrent sur la tête de Hamid punitions, humiliations, brimades.

Je le regardais, anxieux, craignant ses réactions. Mais Hamid subissait en silence et souriait toujours.

HAMID

Et toujours les vierges eurent raison de nos défaites. Et toujours ceux qui tremblaient hier, aujourd'hui s'appliquent à m'humilier.

LE POÈTE

Les tyrans déchus ont toujours excité la haine de ceux qu'ils terrifiaient.

MALEK

À nos fougueux ancêtres, on opposa toujours

le mépris, certains de les voir battus à plate couture. Ainsi aura-t-on eu raison de Hamid.

LE POÈTE

Au bout de quelque temps, le tigre en cage n'amusera plus que les enfants.

21

MALEK

Ainsi engagé, Hamid ne pouvait que se perdre. Mon père avait vu juste.

Dans les jours qui suivirent, j'observai soigneusement son comportement. Il gardait le silence et se contentait de sourire.

LE POÈTE

Craignez, craignez le calme qui précède les tempêtes.

MALEK

Devenue audacieuse, la « petite » professeur le provoquait de plus en plus. Elle venait souvent participer à une discussion dans le groupe où il se trouvait. Mais il ne manquait pas, quelques instants plus tard, de se retirer discrètement.

Un jour, elle le fit passer au tableau, lui que jamais l'on n'osait interroger. Hamid releva lentement la tête. Il semblait étonné. Il se leva néanmoins et s'avança vers l'estrade. Il récita sagement son cours.

Un sourire de triomphe illumina le visage de la « petite » professeur. Le rebelle était définitivement dompté !

HAMID

La vierge triomphe et je baisse le front.

LE POÈTE

La vierge triomphe et tu baisses le front.

HAMID

Face à l'adversité, nos relations ne seront que des quiproquos renouvelés.

22

MALEK

Beaucoup comme lui épuisèrent aussi naïvement leurs révoltes. Il fallait repenser le problème.

Écoute, lui demandai-je, ce que disait mon père. Mais il me jeta un regard tranquille et s'en alla. Hamid, écoute-moi, ce pays fut grand et libre autrefois, et les vierges nous étaient amies.

Désormais, durant les longues nuits d'hiver, dédaignant l'étude du soir, nous nous retrouvions au coin du stade, accroupis dans le noir. Je lui parlais de mon père. Maintenant, il m'écoutait.

Je me souviens de mon père. Mon père, plus

grand que son destin, livré à son immense combat intérieur qui ne lui laissait aucun répit, auquel nous assistions, ma mère et moi, silencieux et impuissants. Mon père, fin lettré, dont les écrits sont aujourd'hui considérés parmi les plus purs joyaux de la poésie arabe, parlait aussi bien l'autre langue mais mettait son point d'honneur à ne jamais s'exprimer que dans la sienne. Et dans les nombreuses délégations à l'étranger qu'il dirigeait, il exigeait toujours des interprètes d'arabe, et c'est en arabe qu'il s'adressait toujours à ses hôtes.

Je le revois encore, en ces longues promenades quotidiennes où il n'avait jamais accepté d'autre présence que la mienne. Je le suivais, silencieux et trop vite distrait, ne comprenant rien aux harangues, parfois désabusées et parfois violentes, qu'il avait l'air de vouloir m'adresser. Mais nous étions déjà intimement séparés. Il me parlait arabe. Je comprenais mieux le français.

Je me rappelle un soir d'automne où il faisait grand vent. Mon père marchait plus vite que de coutume. J'avais beaucoup de peine à le suivre. Nous nous étions éloignés plus que d'habitude, et déjà l'obscurité envahissait la campagne à l'entour. Le vent hurlait dans les arbres. J'avais l'impression que mon père était au paroxysme de l'excitation qui l'habitait depuis quelques jours. Soudain, il s'arrêta, s'agenouilla près de moi, me saisit aux épaules et me fixa longuement. Ses cheveux, défaits par le vent, retombaient sur son visage.

« Comprends-tu ? Un jour, il vous faudra, vous, réinventer l'histoire. »

Pour la première fois, il m'adressait la parole en français :

« L'aristocratie algérienne est morte. Elle vient de livrer son dernier combat. Et elle vient de le perdre. Comprends-tu ? Aujourd'hui, pour que mon fils m'entende, il me faut utiliser la langue du vainqueur. Cette langue dans laquelle nous ressentirons toujours la difficulté première d'exprimer des consonances inhabituelles, cette langue face à laquelle notre réalité se cabre, refusant de se laisser cerner par le mot étranger. Et, de guerre lasse, l'écrivain finit par tomber dans les clichés et les expressions toutes faites.

« La littérature algérienne d'expression française peut-elle être autre chose qu'un non-sens, une hérésie ? Songe à l'autre langue, millénaire, née dans l'immensité d'un désert dont elle devait prendre la force et la majesté. C'est la langue des grands espaces, et elle ne pouvait que s'épanouir dans un pays comme le nôtre.

« Un jour, il vous faudra retrouver le goût de ces sons amis, du verbe majestueux et de la phrase qui se déploie d'elle-même, parce qu'elle a été conçue au plus profond de nos entrailles.

« L'aristocratie algérienne, détentrice de la langue et de ses enseignements millénaires, pouvait gagner le combat. Aujourd'hui a sonné son glas. Elle a perdu.

« L'ennemi est terrible. Sa constante tactique a consisté à placer le combat dans le domaine choisi par lui, et dans lequel il excellait : la politique. Et aujourd'hui, il triomphe sur toute la ligne.

« Nos prétendues réunions politiques ne sont que le prétexte à de somptueux repas et à des beuveries qui durent jusqu'à l'aube, et les quelques réticences sont noyées dans des flots de champagne. Voilà à quoi se résument ces rencontres "hautement secrètes et clandestines", mais qui se tiennent en vérité sous l'œil de la police. Elles alternent avec les voyages outre-Méditerranée, dans le trop séduisant berceau de la civilisation qui nous domine. Et le vainqueur exulte en lui-même, certain de pouvoir dormir sans inquiétude. Mais dès que l'un d'entre nous, écœuré par tant de simulacres, entreprend la lutte de dangereuse façon, alors le véritable visage du vainqueur lui apparaît, menaçant. »

Ainsi, jeune encore, héritai-je du douloureux cadeau que me léguait mon père. Suivant immanquablement la voie qu'il avait tracée, il me fallut reprendre à mon tour l'incertain combat, celui qui devait le mener à sa perte.

J'étais loin de posséder l'envergure de mon prestigieux père, qui était né et avait grandi au milieu de la tourmente, et déjouait avec aisance tous les pièges tendus, chaque jour reprenant le combat, tenace, têtu, rageur.

Finalement, ôtant son masque bienveillant, l'ennemi dut se résoudre à sa liquidation physique. Et il frappa.

Ma mère ne se remit jamais de la mort de mon père. Même son fils marchant à grands pas dans la vie ne put remplacer l'image du grand disparu. Elle se retira en elle-même, devint taciturne, et se mit à errer dans un monde lunaire, silencieuse et pensive.

Mais, avant de mourir, mon père eut le temps d'accomplir son devoir et de me transmettre l'ultime message.

« Comprends-tu ? Moi aussi, je suis perdu. Il ne me reste plus qu'à te transmettre l'ultime message, à mon tour, comme il me fut transmis. Ce pays fut grand et libre autrefois !

Aujourd'hui, somnambules innombrables, nous errons sur notre propre sol devenu étranger, ignorants de notre propre histoire. Sans patrie, sans histoire, et bientôt sans langue, nous devenons l'anonyme sous-produit d'un autre monde ; confrontés à une civilisation que nous ne pouvons assimiler, nous sommes devenus un peuple abâtardi.

Aujourd'hui, il me faut à mon tour déserter le champ de bataille. Dans ce combat, mon seul espoir résidait en mon fils grandissant entre nos bras unis. À défaut de sa jeunesse, je voulais au moins préserver son enfance et attendre qu'il soit adolescent pour mettre sur des épaules assez fortes le poids d'un si lourd fardeau.

« Mais je me suis laissé prendre de vitesse. Il me faut maintenant précipiter la succession. »

23

HAMID

Ainsi, pendant ces longues nuits d'hiver, Malek me parlait, tour à tour violent ou calme. Et je voyais si bien son père, au cours de cette promenade, agenouillé devant lui et le secouant aux épaules, tandis que l'enfant ébahi l'écoutait lui parler en français.

MALEK

Nos discussions se prolongeaient fort tard dans la nuit. Le professeur de français remarqua ces nocturnes apartés et s'en intrigua. Car l'insaisissable Hamid lui avait échappé, et ses tentatives pour l'approcher demeurèrent vaines. Devant ses mutismes persistants, elle se tourna alors vers moi, dans l'espoir de pouvoir le faire par mon biais. Mais je lui opposais le même silence. Elle ne comprenait pas.

Elle ne comprenait pas qu'elle n'était, somme toute, que l'accidentelle héritière d'une vieille victoire, et qu'elle ne pourrait jamais bénéficier de son problématique usufruit.

Elle ne comprenait pas qu'elle ne pourrait jamais que traverser le fleuve qui nous emportait en ses tumultueuses crues, dans les mêmes flots, solidaires en dépit de nos égoïsmes, séparés en dépit de nos amitiés.

Un jour, elle dit :

« Certaines victoires ont parfois un goût de désastre. »

LE POÈTE

Ainsi devait être le destin de ce tragique pays. Le vainqueur ne pourra jamais savourer le fruit vénéneux de sa victoire. Pas plus que Hamid, dont l'histoire restera inachevée. Et les protagonistes, dans leurs positions respectives, n'oseront ni avancer ni reculer, de peur de rompre le fragile équilibre, l'indispensable statu quo convenu par tacite accord, après les premières victoires, les premières défaites, les premières folies.

24

MALEK

Un jour, Hamid disparut de l'école, sans que personne ait pu prévoir ce départ impromptu. Même par la suite, au cours de notre seconde rencontre, je ne devais rien connaître de cette trouble période de sa vie.

Hamid disparu sans laisser de traces, les acteurs demeuraient figés sur la scène qui, malgré leur présence, paraissait vide. Qui pourra jamais savoir dans quel sombre milieu il allait se trouver plongé, dans quelles aventures il allait s'engager ? Je lisais les mêmes questions et les mêmes inquiétudes dans le regard de la « petite » professeur.

Son départ libérait cependant l'atmosphère

et la jeune femme allait s'évertuer à gagner, cultiver mon amitié. Elle allait aussi, sans le savoir, contribuer à tisser le piège qu'on envisageait de me tendre, et dans lequel j'allais tomber. J'avais alors dix-huit ans.

Ah ! nos douloureuses adolescences ! Nulle part comme dans ce pays ne pousse le jasmin, et les amoureux s'en font des colliers, les soirs d'été, au retour des douces promenades secrètement convenues.

L'École normale, ses hivers froids et ses élèves pensifs, en blouse noire, errant sous de hautes et glaciales galeries, ouvertes à tous vents.

Je me souviendrai toujours de ces tristes mois, quand un essaim de jeunesse ne parvenait pas à réchauffer l'atmosphère. Ce n'était qu'avec le printemps que les normaliens reprenaient le goût de la vie. Alors deux cents potaches se mettaient à faire feu de toutes parts, dans un incroyable débordement d'activités. Et, dans leur frivole adolescence, chacun s'ingéniait à trouver des occupations nouvelles, qui, à leur tour, seraient délaissées.

Ce fut alors que naquit l'idée de génie : la création d'une section théâtrale. Notre « petite » professeur s'enthousiasma pour l'idée, la reprit à son compte, la présenta et la défendit avec acharnement au conseil des professeurs, qui finirent par en admettre l'idée, puis l'intérêt. Ce qu'elle vint annoncer triomphalement à ses élèves.

Elle ne devait jamais comprendre les sourires qui fleurirent alors sur les visages de ses étudiants. C'est qu'on ne peut faire valablement du théâtre avec uniquement des hommes – et il ne fallait pas songer à obtenir de pareils garçons qu'ils se déguisent. Conclusion : pour pouvoir faire du théâtre, il fallait des filles. Où les trouver ? L'École normale de filles était tout indiquée, d'autant plus qu'elle ne se trouvait qu'à quelques kilomètres de celle des garçons.

Discrètement éclairée, la jeune professeur devait suivre de bout en bout le raisonnement et elle se retrouva défendant de plus belle son projet devant la directrice de l'école de filles.

Ainsi cette section théâtrale devait-elle naître officiellement quelques jours plus tard dans un immense cri d'enthousiasme. Les séances de travail auraient lieu tous les jeudis après-midi, alternativement à l'école de garçons puis de filles. Et, exultant de joie, la réalité dépassant toutes leurs espérances pour la première fois, les loups entraient dans la bergerie, le pied ferme et l'œil vif.

Un jeudi après-midi, j'étais vautré au soleil, sur le terre-plein qui bordait le stade, tandis que la fameuse section théâtrale répétait dans la salle de conférence. Une récréation les éparpilla sur le terrain de jeu.

J'apercevais, à travers mes rêveries, notre « petite » professeur de français, qui venait en flânant vers moi, accompagnée de deux filles en grande discussion. Quand le groupe arriva à ma hauteur, elle marqua un temps d'arrêt et m'interpella :

« Et vous, jeune homme, vous ne faites pas de théâtre ?

– Non, mademoiselle.

– Et pourquoi donc ?

– Parce que cela ne m'intéresse pas.

– Et pourquoi cela ne vous intéresse-t-il pas ? La plupart des garçons et des filles y participent.

– Ce n'est pas tant le théâtre qui les attire, les garçons le sont uniquement par la présence des filles, et vice versa.

– Il n'est pas interdit de joindre l'utile à l'agréable.

– Ce n'est pas dans mes méthodes. Quand une fille me plaît, je n'ai pas besoin de faire semblant de m'intéresser au théâtre pour pouvoir l'approcher.

– Quelle prétention ! »

L'exclamation venait d'une des filles restées jusque-là silencieuses. Un extraordinaire dédain déformait son visage. Elle reprit :

« Je pense que vous avez trop tendance à prêter aux autres vos raisonnements. Vous préférez passer votre temps à vous vautrer dans l'herbe. Le théâtre est une activité qui apporte une grande ouverture d'esprit.

– J'ai seulement la franchise d'exprimer ce que je pense. Mais je conviens que certaines réalités ne sont pas toujours bonnes à dire.

– Vous êtes stupide…

– Tant qu'il vous plaira. En attendant, veuillez me laisser continuer à me vautrer au soleil. D'ailleurs je vois là-bas votre amoureux à votre recherche. Allez donc vous ouvrir mutuellement l'esprit. »

25

MALEK

Cette histoire aurait pu n'être qu'un bref échange. Mais, hasard ou volonté plus ou moins consciente, nous nous heurtions sans cesse, ce qui évidemment nous lia.

Je devais donc devenir le rival de Garcia l'Espagnol qui, tout fier de sa nouvelle nationalité, s'appliquait scrupuleusement à ne pas rouler les r et maudissait intérieurement son nom qui le désignait d'emblée parmi les parvenus. Français, certes, mais fils d'Espagnol, n'oubliaient jamais de préciser les ombrageux vainqueurs. Ne pas confondre.

Et Garcia ressentait violemment l'affront de voir la nationalité de ses ancêtres ainsi dénigrée. Il ne pouvait pourtant que se taire, l'ayant lui aussi abandonnée par la volonté de son père. Ces remarques lui rappelaient d'anciens regrets. Il ne pouvait pas ne pas ressentir l'ombilicale déchirure. Monique était Française, de pure souche. Et l'Arabe et l'Espagnol devaient jouer le jeu, en bonnes dupes, et se disputer l'orgueilleuse fille.

Pour les autres, nous étions rivaux, et même ennemis. Mais il était certains sourires de connivence.

Je ne pouvais échapper aux tourments promis par ma naissance. La « petite » professeur m'aperçut un jour de grand trouble et vint vers moi.

« Alors, l'amoureux, peut-on savoir l'objet de vos rêveries ? Au reste, je crois qu'on le devine aisément.

– Vous vous trompez.

– Vraiment ?

– Je n'aime pas Monique. Je n'ai jamais aimé Monique. Je ne fais que jouer un jeu stupide pour lequel on ne m'a jamais préparé.

Mais ma douloureuse adolescence se laisse parfois trop envahir par la douceur d'aimer. Et je crains d'être pris à mon propre jeu. Vous ne pouvez pas comprendre.

– Je le voudrais pourtant.

– Ma mère me disait que j'avais des yeux d'émeraude et un rire printanier. Et je grandissais, heureux et fier, entre ma mère si tendre et mon père si grand. Je m'ouvrais à la vie. J'étais fait pour la joie et l'amour, pour l'insouciance. Vous ne pouvez pas comprendre. Vous voici aujourd'hui fraîchement débarquée de votre Bretagne natale, sans même avoir totalement conscience, en venant ici, de fouler un sol différent. Ce pays n'est pas la France. Comment pourriez-vous un instant soupçonner les tourments d'un peuple millénaire qui se morfond dans la défaite, mais n'a jamais perdu néanmoins la lancinante espérance de renaître un jour pour recommencer son histoire ? Ce pays n'est pas la France et je n'aime pas Monique. »

J'avais choisi.

26

« Alors, lâcheur, à quoi penses-tu, retiré dans ton coin, à l'écart ?

– À rien.

– Ce rien doit être bien préoccupant pour te pousser à fuir la société de tes amis. Cela fait un bout de temps que je te cherche.

– J'étais ici.

– Nous devions sortir ensemble, samedi passé.

– Oui.

– Tu n'es pas venu.

– Non.

– Je t'ai attendu longtemps.

– Je suis désolé.

– Sais-tu qu'un autre ne demande qu'à sortir avec moi ?

– Pourquoi ne le fais-tu pas ?

– Ce garçon m'ennuie. Mais j'ai beau essayer, je ne te comprends pas. Pourquoi es-tu si différent des autres ?

– Tu sembles oublier mes origines. Je suis toujours le fils de mon père.

– Est-ce si important ?

– C'est essentiel.

– Tu as dix-huit ans, j'ai le même âge. On me dit jolie et ton sourire est charmant. N'est-ce pas cela qui doit surtout compter ?

– Je le croyais. Je croyais pouvoir vivre mon âge en dépit de mes racines empoisonnées. Mais le venin me remonte au cœur, et mes vieilles obsessions me reprennent. Je ne puis oublier mon père. Je ne fais que jouer une stupide comédie dont je suis le premier dupe. Je ne t'aime pas, Monique. Je ne peux pas t'aimer. Tu m'as fait un instant oublier tous ces hommes cachés qui travaillent à ma perte. Ils sont puissants, et si tu n'es complice, tu seras victime. Éloigne-toi bien vite de moi, Monique, avant qu'il ne soit trop tard. »

27

« Alors, Malek, que penses-tu de ma soirée ?

– Très réussie. J'en garderai un charmant souvenir.

– Tu n'as pas semblé très gai, et tu as beaucoup bu.

– Je suis préoccupé.

– Ne peux-tu donc un instant oublier tes problèmes ?

– Comment le pourrais-je ? Je me bats à mon corps défendant.

– Je ne te comprends pas.

– Tu ne peux pas comprendre. Je ne suis resté que pour te dire au revoir ou plutôt adieu.

– Comment ?

– Oui, je pars demain sur Bône, et je tenterai de franchir de nuit la frontière tunisienne. Tout a été organisé. Il y a quelques amis de mon père qui me sont encore fidèles.

– Pourquoi ?

– Parce que ici le terrain est devenu trop brûlant pour moi. Alors il me faut partir. Je ne sais s'il n'est pas déjà trop tard.

– Pourquoi faut-il que, dans un si beau pays, il n'y ait place que pour la haine ? Nous aurions pu vivre heureux. J'aurais pu reposer ma tête sur l'épaule d'un garçon aux yeux d'émeraude et m'attendrir au soleil couchant, tandis qu'il murmurerait à mon oreille des mots au parfum d'oranger.

– Nos pères nous ont fait un avenir qui nous condamne à nous côtoyer dans l'indifférence ou à nous déchirer avec rage.

– Puisqu'il faut nous séparer, demeurons ensemble pour ces derniers moments dont tu disposes encore. Viens. »

Ceux qui avaient connu mon père, amis, adversaires ou ennemis, me regardaient grandir avec une sourde appréhension, se demandant quelle voie allait suivre le fils d'un si grand homme. Mes sourires d'adolescent les inquiétèrent au début, leur persistance finit par les rassurer puis par les amuser. Car j'accueillais du même sourire ambigu les avances des uns et des autres. On attendait que j'abatte mes cartes.

J'assistai à des réunions dites secrètes, selon les circonstances, en auditeur désintéressé, en spectateur attentif, en participant écœuré. Je constatai de mes propres yeux l'incroyable inconséquence de ces enfants de l'aristocratie algérienne. Il m'arriva parfois de prendre la parole pour fustiger violemment leur indolence. Ils m'applaudirent bien fort, assurant que j'étais bien le fils de mon père, et ils continuèrent leurs réunions, leurs voyages et leurs beuveries comme par le passé.

Il y en eut pourtant quelques-uns qui convinrent avec moi que les méthodes actuelles ne pouvaient mener qu'à l'impasse et qu'il fallait trouver d'autres voies.

Alors nous reprîmes le flambeau et engageâmes un nouveau combat, bien timide au départ, certes, mais combien plus efficace. Nous le sentions aux réactions de l'ennemi qui se mettait à surveiller de plus près nos faits et gestes. Il passa ensuite à l'action et essaya de nous dissuader de notre entreprise en utilisant tour à tour la menace, la complaisance et la corruption.

Puis le chien retroussa les babines avec la nette menace d'une morsure prochaine. Ils tournaient autour de moi, me serrant toujours de plus près. Et vint pour eux le moment de frapper. De fidèles amis purent m'avertir à temps, m'évitant ainsi de justesse le sort de mon père. Mais ils recommencèrent. Autrement.

28

Aujourd'hui, je me trouve face à mes juges. Juges qui, en vérité, ne font que se déjuger eux-mêmes dans la lamentable comédie qu'on les oblige à jouer.

De nombreux témoins ont déjà défilé à la barre. Actuellement, le médecin explique complaisamment les différentes blessures que portait le corps de la victime. Puis il développe avec force détails le déroulement de la scène, telle qu'elle aurait été reconstituée d'après l'examen du corps de la victime.

Le réquisitoire du procureur ne fut pas bien long.

« En vérité, monsieur le président, l'affaire que nous avons à juger aujourd'hui est bien simple. » (Le juge ébaucha un sourire devant le « nous » de connivence). « Si vous le permettez, je vais vous l'exposer en quelques mots.

« L'histoire commença avec la création d'une section théâtrale commune aux deux Écoles normales, et qui allait permettre l'établissement de contacts assidus entre garçons et filles. Ce contact favorisa la naissance de nombreuses amitiés, voire d'idylles. Ni Garcia, que nous avons entendu il y a un instant, ni l'accusé ne devaient être en reste. »

Pauvre Garcia ! Te voici, toi aussi, obligé de participer à la lamentable mascarade.

« Le drame devait naître de ce que tous deux aimaient la même jeune fille. Le cœur de celle-ci penchait vers Garcia, et le rival se voyait chaque jour perdre du terrain, ce qui ne faisait qu'exciter sa rage et sa jalousie.

« Le jour de son anniversaire, la jeune fille invita un certain nombre d'amis de son âge, dont Garcia, bien sûr, à la petite fête qu'elle organisait chez elle. Nous ne savons comment l'accusé parvint à se faire inviter aussi. Tous ceux qui y assistèrent ont témoigné à cette barre de l'attitude morne et absente de l'accusé au cours de la soirée, et de la grande quantité d'alcool qu'il absorba. En effet, le rival éconduit ne pouvait admettre son éviction et, l'ivresse aidant, de sombres idées commençaient à se faire jour dans son esprit. Quelque temps après, sa résolution était prise.

« À la fin de la soirée, alors que les invités se retiraient les uns après les autres, l'accusé se leva et murmura quelques mots à l'oreille de Monique. Sans doute invoqua-t-il un prétexte quelconque pour pouvoir rester. Le fait est avéré : il resta après le départ de tous les autres. Ayant appris que les parents de la jeune fille ne rentreraient pas de la nuit, il résolut de passer à l'action et se jeta sur celle qui excitait son désir bestial et sa jalousie.

« Voilà les faits dans leur rigoureuse simplicité, et aucun doute ne saurait subsister.

« Je demande, monsieur le président, la juste punition de cet acte inqualifiable. Au moment de prendre votre décision, je vous demande de bien vouloir considérer l'énorme préjudice ainsi causé à la victime. Songez que cette jeune fille est gravement traumatisée, et qu'il n'est pas sûr qu'elle puisse jamais se remettre totalement de ce choc. Je vous demande de punir son odieux agresseur d'une façon exemplaire afin qu'à l'avenir ses pareils sachent à quoi s'en tenir. Toute clémence à l'égard de cet individu ouvrirait la porte à d'autres crimes. En exigeant un châtiment exemplaire, je ne demande que la protection de nos enfants.

– La parole est à la défense ! »

L'avocat m'adressa l'ébauche d'un sourire et se leva.

Bien courageux, ce petit homme. Issu d'une famille de grands magistrats français, il avait suivi la voie de ses pères. Natif de Rennes, où exerçait son père, il avait été envoyé en Algérie pour faire ses premières armes. Il se trouvait dans ce pays depuis trois mois. Courageux, et naïf à n'en plus pouvoir. Sans illusions, je lui avais tout raconté mais il avait refusé de croire au coup monté, à la fabrication de preuves. « Nous sommes tous français, nous sommes tous égaux devant la loi, répétait-il obstinément. Si ce que tu m'as raconté est vrai, on peut mettre facilement leur accusation en défaut. Fais-moi confiance, j'ai mon idée là-dessus. Nous gagnerons. »

« Monsieur le président, je puis vous assurer que je ne serai pas aussi long que ceux qui ont pris la parole ici avant moi. L'avocat de la partie civile et le procureur ne font que leur devoir en demandant l'un un fort dédommagement et l'autre un châtiment exemplaire, après avoir prétendu prouver la culpabilité de mon client. Encore faudrait-il que cette culpabilité soit avérée. Mais, après avoir assisté à l'accablant défilé des témoins à charge, je m'étonne de l'absence de la première personne intéressée : la victime elle-même. J'aurais personnellement des questions à lui poser et c'est la raison pour laquelle je vous demande de bien vouloir reporter la séance afin que nous puissions l'entendre. »

L'avocat de la partie civile fusa de son siège.

« Objection, Votre Honneur ! Sa présence est superflue. Nous ne sommes pas ici pour faire le procès de la victime.

– Je suis certain qu'elle nous fournira des renseignements extrêmement précieux pour éclaircir cette affaire.

– J'estime que cette affaire est des plus claires, intervint le procureur, et nous connaissons la tactique qui consiste à vouloir d'abord semer le doute dans les esprits. D'ailleurs, tous les renseignements se trouvent sur la déclaration qu'elle a faite et signée.

– J'affirme que certains points n'ont pas été abordés dans cette déclaration.

– Elle ne comporte aucun point qui n'ait été traité.

– Je vous prie, monsieur le président, reprit l'avocat de la partie civile, de bien vouloir considérer l'état dans lequel se trouve la victime, après l'acte sauvage dont elle a été l'objet. Son état nécessitait des soins immédiats et approfondis. Elle a donc été envoyée en France, dans un centre spécialisé où elle se remet lentement.

– La séance est maintenue, prononça le juge.

– Je prétends que la procédure régulière n'a pas été respectée. Je n'ai rien à ajouter.

– Il vous reste bien sûr tous les recours habituels, maître. Continuons. »

29

Les pas du gardien s'éloignent, et j'observe, par la lucarne, le soir qui tombe sur la ville.

Mère, on a mis ton fils en prison ! Condamné pour une fausse cause, je purge en fait la peine d'un crime que nul n'a osé nommer : celui d'être le vaincu. Je suis aujourd'hui condamné de droit commun, et les fils des anciens forçats français patrouillent dans les couloirs.

La pénombre envahit ma cellule, et je frissonne au contact de ses murs humides.

Me voici à vingt ans condamné à l'obscurité et au silence.

Réveille-toi, mère, car on a mis ton fils en prison, je voudrais aller écumer le printemps, et boire dans les prés la rosée du matin. Mais j'ai beau crier, tu ne peux m'entendre, évanescente mère, car tu poursuis un deuil inexprimable.

Et nous sommes ainsi des milliers à traîner nos souffrances en ce détestable et fascinant pays, incapables de nous détacher. Et chacune de nos nouvelles douleurs nous y maintient plus solidement. Ce pays n'est qu'une immense lamentation. Les maisons, les rues, les prisons n'abritent que d'indicibles angoisses.

Et nos pères frustrés ruminent leur déchéance – jeunesse gâchée, vieillesse inquiète, le sourire oublié – d'amers et vieux leitmotivs retrouvés à chaque détour de pensée.

Nos mères, éplorées, hochent tristement la tête, impuissantes à trouver les mots qui consoleraient leurs fils.

Nos femmes, le visage figé, traînent leurs pas en d'indicibles lenteurs, et, durant les nocturnes étreintes, ne peuvent s'empêcher de penser à l'indélébile affront qu'ont reçu les mâles qui les possèdent.

Nos sœurs, leurs secrets trahis, ne vivent que d'élans retenus, et dans leur solitude ruminent de sombres catastrophes.

Et, en dépit de tout, encore amoureux de la vie, ce peuple bave, traîne et rampe, alors qu'au grand soleil le vainqueur pavoise !

Mais, profondément enfoui, le feu couvait, et le premier souffle de vent, dispersant la cendre, allait provoquer la première flamme de ce qui deviendrait un immense incendie.

Je m'évadais de prison alors que déjà le pays était à feu et à sang.

La prédiction de mon père s'avérait juste :

« Comprends-tu, m'avait-il dit. Par la valeur de ses chefs, l'aristocratie algérienne avait toujours su cristalliser les aspirations populaires en s'identifiant à elles, en devenant leur porte-drapeau. Mais aujourd'hui, je ne vois plus que des politiciens véreux et corrompus. Nous ne pourrons jamais gagner la bataille politique. Il nous faut placer le combat sur un autre terrain. Notre seule espérance réside aujourd'hui dans la lutte armée et la guerre populaire. C'est au tour du peuple d'entrer dans l'histoire, et de la faire sienne, avec son sang. »

C'est à l'université que j'ai retrouvé Hamid, que je croyais perdu depuis sa disparition de l'École normale. Il était accompagné d'une calme et docile amazone, belle à n'en plus pouvoir.

Hamid apprenait la douceur d'aimer, aujourd'hui que la vestale n'avait plus le visage adverse.

30

« Pardonnez-moi, mon commandant, d'entrer ainsi chez vous au risque de vous déranger, mais je viens d'obtenir des informations qui peuvent avoir leur importance.

– De quoi s'agit-il, capitaine ?

– Cela concerne encore cette jeune fille.

– Encore ? Elle vous tourmente vraiment !

– Vos soupçons étaient justifiés. Cette fille appartient bien à l'organisation terroriste.

– Comment l'avez-vous appris ?

– Les policiers qui la surveillaient ont dû faire une quelconque erreur. Ils ont été repérés.

– Quelle a été la réaction ?

– C'est ici que le problème devient déroutant.

– Pourquoi ?

– Par le passé, comment ont-ils agi dans des cas analogues ?

– C'est bien simple. Dès qu'ils se rendent compte qu'un de leurs agents est découvert, ils essaient aussitôt de l'escamoter et de lui faire rejoindre le maquis.

– Aujourd'hui, leur réaction a été totalement différente.

– Expliquez-vous, capitaine.

– Dès qu'ils se sont rendu compte que la fille était repérée par nos services et maintenue sous surveillance, ils ont effectivement abandonné leur refuge et se sont dispersés mais elle, ils ont donné l'ordre de l'abattre.

– De l'abattre, dites-vous ?

– Parfaitement.

– Et pour quelle raison ?

– Je l'ignore.

– Étrange comportement.

– Pour le moins.

– Êtes-vous bien sûr de ce que vous me dites là ?

– Certain. Le lieutenant de police vient de me confirmer ce que m'avaient appris mes hommes.

– Capitaine, j'ai la très profonde conviction que cette information est d'une importance capitale. Vous avez fort bien fait de venir immédiatement m'en aviser. Cela survient à un moment crucial. Mais je ne m'explique tout de même pas une si violente réaction. Il doit certainement exister à la base de cette décision des raisons très précises. Des raisons que nous devons découvrir.

– Leur ancienne façon de faire n'était pas sans comporter certains risques. Nous savons aujourd'hui qu'ils se trouvent dans une situation critique. Peut-être ne veulent-ils plus prendre de tels risques dans les conditions actuelles.

– Non, je les connais fort bien, depuis le temps que nous guerroyons les uns contre les autres. Ce sont des hommes qui portent à un haut degré le respect de la vie humaine. Ce qui nous a parfois donné d'humiliants avantages, je l'avoue.

– Il existe encore une autre supposition, mais je n'ose la formuler.

– Allez-y, mon ami, dans les circonstances actuelles, les plus audacieuses hypothèses peuvent se trouver exactes.

– Ils peuvent avoir donné l'ordre de l'abattre parce que c'est le moyen le plus direct et le plus radical de la mettre hors circuit. Peut-être cherchent-ils, en l'abattant, à éviter qu'elle puisse leur nuire d'une quelconque façon. Mais cela ne pourrait s'expliquer que dans la mesure où il s'agirait d'une question d'importance vitale pour eux.

– Continuez votre raisonnement, je pense que vous êtes sur la bonne voie.

– Nous avons toujours implicitement supposé que cette jeune étudiante ne pouvait être qu'un comparse sans grande importance ; supposons maintenant qu'elle ait eu à jouer un rôle beaucoup plus décisif.

– J'ai l'impression que vous brûlez, mon

jeune ami. Un rôle beaucoup plus décisif au niveau de la direction de l'organisation centrale, par exemple. Elle aurait pu ainsi avoir accès à des informations de la plus haute importance, qui peuvent être déterminantes pour l'action que nous devons engager. Même si toutes nos suppositions sont fausses, notre intérêt immédiat est certainement d'empêcher que cette fille soit abattue. Aussi, mon garçon, il faut agir vite. Où peut-elle être en ce moment ?

– À l'université. Elle suit un cours qui doit se terminer à six heures trente.

– Nous avons juste le temps. Réunissez de toute urgence une brigade et mettez-lui le grappin dessus, à sa sortie. Ne la laissez pas vous échapper. C'est peut-être ce qui va nous permettre de déclencher notre dernière opération. Allez, capitaine, et ramenez-la-moi vivante. Ne vous laissez pas devancer. À aucun prix.

31

« Si-Hassan, je viens vous importuner de nouveau, alors qu'en un si grave moment vous devez sans doute avoir bien autre chose à faire. Mais il est des points que je ne comprends pas et j'ai besoin de quelques éclaircissements.

– Assieds-toi donc, Malek. Non, en un si grave moment, comme tu dis, il se trouve que je n'ai plus rien à faire qu'à attendre. Je souhaitais justement te revoir pour te donner ces explications que tu cherches, et pour te confier ta dernière mission. Mais faisons vite. Ce bâtiment va se trouver investi par les soldats d'un moment à l'autre. Il ne faut pas qu'ils te trouvent ici. Quelles sont les questions que tu voulais me poser ?

– J'ai rencontré Hamid. Il est au bord de la folie. J'ai aussi aperçu Djamila, qui ignore tout encore. Elle allait suivre son cours à l'université. Elle n'en sortira qu'à six heures trente, alors que vous me disiez qu'elle mourrait avant six heures. Et il est presque six heures.

– Je connais Djamila. À six heures, elle sera au rendez-vous qui lui a été fixé. Elle quittera le cours avant sa fin, car elle sait qu'elle doit à tout prix transmettre l'enveloppe que je lui ai remise.

– Vous l'avez chargée d'une mission, la sachant surveillée ?

– Oui.

– À qui doit-elle remettre cette enveloppe ?

– À Hamid.

– Je comprends !... Elle ira remettre une enveloppe à Hamid, qui l'attend pistolet au poing.

– Tu as le goût du mélodrame.

– J'aimerais avoir votre insensibilité. Que contient l'enveloppe que vous lui avez remise ? Ou n'était-ce qu'un prétexte ?

– L'enveloppe que transporte Djamila contient de très précieuses données sur notre organisation.

– Comment ? Pourquoi cela ?

– Parce que je cherche à voir cette enveloppe parvenir aux mains de la police.

– Je ne comprends pas.

– Djamila morte donnera une incontestable crédibilité à ce que contient cette enveloppe.

– Ainsi, c'est donc cela, votre plan. Vous avez décidé la mort de Djamila uniquement pour pouvoir tromper les soldats et la police. Les prenez-vous pour des idiots ? Ils auront tôt fait de tout vérifier et de découvrir la supercherie, et Djamila innocente aura été sacrifiée pour rien. Je peux vous dire que…

– Tu ne peux rien me dire. Cesse donc de me prendre pour un imbécile. Et dis-toi qu'aujourd'hui il n'existe pas d'innocents. Ceux qui ont accepté de rejoindre nos rangs l'ont fait en toute connaissance de cause. Ils n'ignoraient aucun des dangers qu'ils pouvaient courir et savaient risquer leur vie à chaque moment. Il en est ainsi pour chacun d'entre nous. Nous n'avons pas été conviés à un jeu de société d'où chacun peut se retirer quand il en a envie. Nous luttons pour libérer notre pays. Pour lui, beaucoup ont accepté de mourir, et sont morts. D'autres mourront encore. Qu'est-ce que Djamila, sinon une patriote parmi tant d'autres ? Est-elle la première Djamila à mourir ? Rappelle-toi ce nom que nous portons tous : *fiday*. Regarde autour de toi, la mort est notre lot quotidien, et pas un jour ne passe sans que nous apprenions celle d'un être qui nous fut cher. Nous devons accepter le prix à payer. Nous ferons les comptes plus tard. Nous devons aujourd'hui fermer les yeux de peur de fléchir et d'abandonner en cours de route. Ce n'est pas facile, je le sais.

« Il te faut être très fort, car demain viendra ton tour de tenir à d'autres ces raisonnements, de raffermir leurs volontés chancelantes, leurs courages hésitants. Je commence en effet à me faire vieux. Il est temps de céder la place. Ce plan dont tu parlais est sans doute le dernier que je monte. Aujourd'hui, il t'appartient de quitter l'action pour venir occuper des responsabilités de direction dans cette organisation. Nul doute que tu sauras lui conférer cet aspect d'humaine générosité qui lui manque aujourd'hui, je l'avoue. Tu vas avoir à travailler dans une équipe constituée d'hommes de tout premier plan, comme toi jeunes et comme toi généreux. Le temps des chefs solitaires est révolu. Il faut aujourd'hui des équipes pour lutter contre des équipes. C'est le seul moyen de réussir. Ce sont les dernières recommandations que je voulais te faire. Oui, j'ai chargé Djamila d'une dernière mission. L'enveloppe qu'elle transporte doit tomber entre les mains de la police. C'est notre dernière chance.

« Je t'ai plusieurs fois décrit la situation dans laquelle nous nous trouvons. En fait, il ne s'agit plus pour nous que d'une lente agonie. Le plan que je viens de mettre en place constitue la dernière tentative pour éviter le grand désastre. Ils ne découvriront pas la supercherie. Parce que les renseignements que portent les morts ont toujours eu une très grande crédibilité et parce que d'autre part il n'est pas question de supercherie. C'est la raison pour laquelle nous leur donnons des renseignements exacts mais partiels. Tout est là. Des renseignements partiels sur notre organisation. De nombreuses têtes tomberont, mais nous parviendrons à préserver un noyau essentiel qui pourra se développer à la faveur de l'euphorie que leur procurera leur victoire.

« Déjà, dans tous les secteurs concernés, d'autres hommes ont pris la place de ceux qui vont tomber. J'y ai veillé personnellement. Ainsi, en arrêtant ces hommes, qui sont d'authentiques responsables, ils croiront avoir atteint la tête et détruit toute l'organisation. En vérité, l'ancienne structure est déjà morte, tandis qu'une nouvelle fonctionne parallèlement à cette dernière. Elle disposera du répit nécessaire pour consolider ses structures.

« Dans l'enveloppe que transporte Djamila, mon nom se trouve en tête de liste.

– La situation est donc si grave que vous êtes prêt à faire le sacrifice de tant d'hommes et de vous-même ?

– Sinon, nous sommes totalement perdus.

– Je ne sais si je serais capable d'assumer les responsabilités que vous voulez me confier. Je ne le pense pas, car à la première épreuve je sens mon esprit flancher.

– C'est normal. Djamila est une fille merveilleuse et je sais combien vous l'aimez. J'ai eu moi aussi à connaître cette jeune fille, et j'ai été rapidement conquis par elle. J'en suis venu à la considérer comme ma propre fille. J'ai rêvé un instant de la voir prendre la place de celle que j'ai perdue. C'est pour moi aujourd'hui un drame à vivre, et longtemps je me suis cogné la tête contre les murs, au long de mes nuits solitaires.

« Nous ne sommes rien, mon ami, que les héritiers d'une défaite ancestrale, dont s'impose aujourd'hui le terme. Nous pouvons seulement demander aux survivants de cette horrible tragédie de veiller, sentinelles intraitables, à ce que le fruit de tant de sacrifices ne soit pas dilapidé entre de mauvaises mains, ni de laisser de mauvais bergers guider notre peuple.

« Aujourd'hui cette lutte est celle d'un peuple, évitons que demain la liberté ne soit le privilège d'une classe.

– J'ai bien peur, Si-Hassan, que votre plan n'échoue.

– Pour quelle raison ?

– Parce que Djamila, qui ne se doute de rien, attendra le dernier moment pour quitter son cours et aller au rendez-vous que vous lui avez fixé.

– Et alors ?

– Alors il sera trop tard.

– Comment cela ?

– J'ai appris que le commandant Étienne a dépêché une brigade spéciale à l'université, sans doute pour intercepter Djamila. Ils ont dû se décider finalement à l'arrêter.

– Pourquoi ne m'as-tu pas dit cela plus tôt ?

– Je ne comprenais pas votre plan. Peut-être voulais-je aussi la sauver.

– Ils ont dû sûrement apprendre quelque chose de nouveau pour changer ainsi de tactique.

– Que faire ?

– Va de toute urgence à la porte de l'université. Si Djamila s'y trouve encore, empêche qu'elle ne se fasse prendre vivante. »

32

LE CAPITAINE

Voici l'université bouclée de tous côtés, tandis que des policiers recherchent Djamila à l'intérieur. S'y trouve-t-elle encore ? Il faut attendre.

J'ai fait le plus rapidement possible, mais je crains d'arriver trop tard, je crains que Djamila n'ait déjà été assassinée par leurs sbires.

MALEK

Voici ce fameux capitaine devant la porte de l'université. Il attend. Ils n'ont donc pas encore trouvé Djamila.

33

HAMID

J'attends Djamila, que je n'ai pas revue depuis si longtemps, sur cette passerelle, à l'heure et à l'endroit exacts du rendez-vous convenu.

Une sorcière m'a autrefois prédit quantité de douleurs, quand j'abandonnai son troupeau de chèvres pour me laisser fourrer à l'école primaire par la volonté d'une étrange demoiselle dont le père était justement directeur d'école, maire de la commune, et de surcroît propriétaire de l'unique pompe à essence du village, ainsi que de trois fermes plantées de vignobles lui produisant les meilleurs crus de la région.

Il n'en avait pas toujours été ainsi pour cet homme.

Sa jeunesse avait été pauvre et même misérable. Il avait épousé une frêle jeune femme qui mourut en lui laissant une enfant de quatre mois. Il mit la petite fille en nourrice et vint en Algérie. Il s'employa un peu partout, comme docker, portefaix, ouvrier agricole, chauffeur, travaillant comme un damné, jour et nuit.

Ainsi passèrent ses premières années en Algérie, jusqu'au jour où la chance se manifesta sous la forme d'une panne de moteur de sa vieille voiture. Panne bienheureuse qui allait marquer la fin de ses vagabondages et son établissement dans le petit village où il dut s'arrêter. Il commença par revendre son véhicule à l'unique mécanicien du village, ce qui lui permit de s'installer. Et il s'acharna de nouveau au travail. Tenace et persévérant, il gravissait lentement la pente.

L'aisance matérielle acquise, ses préoccupations changèrent de nature. Il voulut acquérir un prestige politique. Directeur d'école, puis maire de la commune, il poursuivait son inlassable effort de bélier obstiné et se mettait à frayer avec les milieux officiels de la préfecture.

Et les habitants du petit village s'inquiétaient un peu devant l'influence et le pouvoir grandissants de cet étranger aux allures d'aventurier.

« Simple jalousie », répliquait-il.

Et il souriait, prenant ainsi de façon fort modeste, somme toute, sa revanche sur son destin. C'est alors qu'il songea à faire venir sa fille. Ayant laissé un nourrisson, il fut étonné d'accueillir une presque femme, mais surtout étonné de retrouver le visage vivant de son épouse, avec la même finesse aiguë des traits.

MALEK

Cette fille allait s'enticher d'un solitaire voyou, gardien de chèvres, et entreprendre son éducation, après l'avoir fait admettre à l'école, en dépit de toutes les réticences, s'amusant à le voir laborieusement déchiffrer un alphabet étranger.

Hamid gardera de l'aventure le sentiment de l'impossible triomphe, subordonné à la défaite aujourd'hui séculaire.

Hamid ignorait qu'il se trouvait engagé dans un jeu de dupes aux cartes truquées. Parfois, pour brouiller les esprits, et dans un geste de suprême mépris, le vainqueur feignait de redistribuer les cartes et les atouts selon les pures lois du hasard, pour prouver, s'il en était encore besoin, qu'il demeurait toujours le plus fort.

LE POÈTE

Tout n'apparaissait que comme une généreuse concession du vainqueur, du droit de vivre jusqu'à la volonté de combattre. Toute défaite est un désastre.

MALEK

Ces mêmes cartes qui furent un instant brouillées pour Hamid et pour moi, à l'École normale. Mais cela ne pouvait durer, et hors la violence, Hamid était perdu. Et un jour, sans crier gare, Hamid disparut de l'école. Alors surgit l'été oranais et Djamila triomphante avec son sourire. Enfin, l'absurde destinée prenait un sens, et l'on vit apparaître sur le visage de Hamid un premier vrai sourire !

HAMID

Mais dans les brumes de cette ville, j'ai perdu Djamila, et ce soir, sur cette passerelle, j'ai beau attendre, je ne vois personne.

34

Le capitaine

Voilà déjà longtemps que j'attends, et les policiers partis à la recherche de Djamila ne sont pas encore revenus. C'est anormal. Ils auraient dû la retrouver dans la salle où se déroule son cours. Aurait-elle faussé compagnie à ses suiveurs ? Six heures ont passé, la plupart des employés et des étudiants sont sortis. Il ne doit guère rester que ceux dont les cours se terminent plus tard.

Le lieutenant de police a disparu, lui aussi. Sans doute est-il allé à la recherche de ses hommes.

MALEK

Je ne vois pas arriver Djamila, et le capitaine attend toujours, lui aussi.

Peut-être a-t-elle repéré les policiers qui la suivaient et réussi à leur fausser compagnie ?

LE CAPITAINE

La disparition du lieutenant de police m'inquiète.

MALEK

Voici maintenant les dernières femmes de ménage qui sortent.

LE CAPITAINE

Voici le dernier groupe de femmes de ménage. Elles sortent. Elles sont sorties. Oui... oui, c'est sûrement cela... mon attirance soudaine... la démarche... cet harmonieux balancement des hanches... les frissons de la soie du voile...

Elle est passée, elle est sortie, devant nos yeux. Elle nous a tous trompés.

À moins que le lieutenant de police... Elle ne doit pas avoir beaucoup d'avance, il faut que je la retrouve. J'ai tout à craindre de ce policier.

MALEK

Mais oui, cette femme voilée ! Elle est passée au travers de leur filet.

Mais voici ce capitaine qui s'en va en courant.

35

La jeune fille en ciré noir avançait à pas lents sur la passerelle. Le bruit de ses talons sur le métal fit détourner un court instant la tête de l'homme accoudé à la rambarde. Mais il reprit rapidement sa réflexion un instant interrompue.

À quelques pas de lui, la jeune fille s'arrêta, ouvrit son sac, en sortit un paquet de cigarettes, et en tira une. Elle se mit ensuite à chercher dans ses poches des allumettes qu'elle ne semblait pas trouver.

Elle s'approcha de l'homme penché au dessus de l'eau.

« Pardon, monsieur, auriez-vous du feu ? Je perds toujours mes allumettes.

– Certainement. »

La jeune fille alluma sa cigarette, et tendit la main pour lui rendre la boîte. Il ne s'était pas retourné.

« Merci, monsieur. Mauvais temps, n'est-ce pas ?

– Le printemps n'en sera que plus beau. Gardez-les donc, j'en ai d'autres. »

La jeune fille esquissa un sourire et chercha à ouvrir son sac. Alors le jeune homme se redressa et se retourna.

« Hamid ? Mais que fais-tu là et comment as-tu eu connaissance de ce rendez-vous et du mot de passe ?

– Oui, c'est bien moi, Djamila. En dépit de tous les obstacles, il nous fallait à tout prix nous revoir.

– Dois-je comprendre que tu es le correspondant que je devais rencontrer ?

– Je suis en effet le correspondant qui t'attendait, à l'heure et à l'endroit convenus.

– Mais alors, tu…

– Alors voici le moment de vérité.

– Oh ! Hamid, enfin, enfin, je te retrouve ! Si tu savais combien j'ai souffert pendant ces jours sombres et brumeux où nous devions être séparés. Aujourd'hui, miraculeusement, nous nous retrouvons. Aujourd'hui est la fin de mes tourments. Aujourd'hui je retrouve mon sourire. Ce temps sinistre abandonnera la ville et demain le soleil brillera.

– Oui, aujourd'hui est la fin de nos tourments.

– J'ai vécu des jours affreux. »

36

DJAMILA

Les plaines ensoleillées de l'Oranie furent l'immense berceau où j'ai longtemps dormi. J'ai passé mon enfance dans le jardin de notre villa, à l'ombre des jasmins. Ma mère, jalouse gardienne de mon sommeil, veillait, et je n'avais pas même un oiseau pour partager mes jeux. Elle se méfiait de tout, du soleil, des oiseaux, des papillons. Elle me cachait même aux voisines qui nous rendaient visite. Et ces dernières, d'abord intriguées, finirent par me croire atteinte d'une terrible infirmité qui interdisait mon apparition publique. Ma mère ne cherchait point à dissiper leurs doutes, bien au contraire, ses propos tendaient à les accréditer. À mes questions ma mère faisait toujours la même réponse :

« Infirme, oui, tu l'es. Ton invisible infirmité est la plus terrible de toutes. »

« Ton grand-père, chef d'une très grande valeur, consacra tous les efforts de sa vie à l'organisation de la tribu. On institua un ensemble de conseils en vue de régir la vie politique et sociale. On développa l'enseignement. Les élèves les plus doués allèrent continuer leurs études en Tunisie, en Egypte ou en Syrie, suivant la nature de celles-ci, puis revinrent enseigner dans la tribu. Les disciplines scientifiques furent encouragées au maximum. Un jour, j'en suis sûre, à la découverte de certains manuscrits poussiéreux, les mathématiciens ébahis verront exposées sous leurs yeux certaines des plus audacieuses théories actuelles.

« Mais, dans ce vase clos, tout ne pouvait déboucher que sur d'inutiles spéculations, et le fruit de cet immense effort fut d'une décevante stérilité.

« D'ailleurs, nous ne devions pas rester longtemps tranquilles. Des avions se mirent à survoler notre étonnante retraite, dont la richesse, se détachant de la désolation environnante, intrigua les observateurs. C'est ainsi qu'on envoya d'abord quelques éclaireurs pour étudier la situation, puis de véritables expéditions militaires furent organisées.

« Ainsi, le vainqueur d'autrefois nous poursuivit jusque dans nos plus ultimes retranchements. Il n'est point de demi-mesure dans la défaite.

« Un commandement militaire s'empressa de demander du matériel et des troupes, se préparant à organiser le massacre.

« Héros tard venus, sevrés de légitimes exploits !

« Notre vieux chef eut beau vouloir parlementer, on ne l'écouta pas. Devant la gravité de la situation, il décida d'aller à Alger faire acte de soumission aux représentants du gouvernement français.

« À Alger, on lui rit au nez quand il demanda à voir le gouverneur. Il fut renvoyé de fonctionnaire en fonctionnaire. À chacun d'eux, il expliquait inlassablement la situation de sa tribu, et demandait d'intercéder en sa faveur afin d'obtenir une entrevue avec le gouverneur. Le fonctionnaire promettait, acceptait un cadeau et le renvoyait vers un autre collègue.

« Ainsi fondaient les présents qu'il avait apportés, ainsi passait le temps, augmentant les risques de massacre de sa tribu, et le vieillard continuait à se démener, infatigable et tenace.

« Un jour, enfin, il put franchir les portes de la résidence du gouverneur.

« Mal à l'aise, le vieux chef se méfiait de l'interprète. Il avait tort. Ce dernier, un Juif au teint basané, exultait et adressait de rassurants sourires au vieil homme. Dès son plus jeune âge, il s'était passionné pour la langue arabe et l'avait étudiée avec ferveur. Son plus grand plaisir consistait à tenir une discussion à bâtons rompus avec quelque autre disciple affiné de cette langue, qu'il lui arrivait de rencontrer au hasard de chemins solitaires, à la recherche d'un ancien poème oublié.

« L'interprète se réjouissait ainsi à l'avance de pouvoir à nouveau croiser le fer avec un interlocuteur à sa mesure.

« À l'entrée du vieillard, le gouverneur demeura assis à son bureau, plongé dans l'étude d'un dossier. Le visiteur dut rester debout, n'ayant pas été invité à s'asseoir. Un éclair d'indignation brilla un instant dans son regard mais disparut vite.

« Enfin son hôte redressa la tête, se leva, et s'avança vers lui.

« Ils demeurèrent debout, face à face.

« – Excellence, permettez-moi de venir aujourd'hui, devant vous, faire solennellement acte de soumission de ma tribu. C'est un honneur pour nous que d'être les sujets de la France.

« – Veuillez donc vous asseoir, mon ami. Je connais la fierté arabe, et je devine ce qu'a dû vous coûter la phrase que vous venez de prononcer. Mais vous placez au-dessus de tout orgueil la survie de votre peuple. Comment vous donner tort ? Nous espérons pouvoir œuvrer avec des hommes tels que vous pour qu'un jour les peuples de ce pays déchiré puissent vivre en paix, sans prêter l'oreille aux serpents qui sifflent dans leurs rangs. Monsieur, c'est un honneur pour la France que de compter parmi ses sujets des hommes tels que vous. Je peux d'ores et déjà vous rassurer. Vous pouvez retourner chez vous. Il ne sera rien fait à votre tribu.

« C'est ainsi que le commandement militaire se vit contraint de reculer devant le vieux diplomate.

« Ton grand-père était âgé et voyait avec plaisir son grand fils marcher sur ses pas.

« J'étais réputée être la plus belle fille de la tribu. Tu as aujourd'hui mes cheveux et mes yeux. C'est tout naturellement que je devins sa femme.

« Mais le commandement militaire qui nous régissait n'entendait pas désarmer, voulant à tout prix nous réduire par la force. On cantonna une garnison à proximité de la tribu, car, en cas d'action, seule la rapidité rendrait inopérant le prévisible contrordre, qui surviendrait alors trop tard. Puis on se mit à chercher le prétexte qui fournirait la possibilité d'user des armes contre nous. Et les prétextes se présentent toujours.

« Un soir, un soldat de la garnison, ivre, voulut prendre de force une jeune fille qu'il avait surprise à l'écart. Il se jeta sur elle tandis qu'elle se débattait et criait. Soudain, le soldat se sentit soulevé par le col de sa veste. Il se retourna d'un bloc. Il vit, debout devant lui, un jeune homme qui le regardait, un couteau à la main.

« Le couteau était taché de sang.

« Le soldat était ivre. Étonné, il cherchait à comprendre la raison de la soudaine immobilité de l'homme et la provenance du sang. Il ne sut jamais qu'il venait d'avoir la gorge tranchée.

« La colère gronda dans la garnison, en dépit de la mort du jeune homme, immédiatement fusillé. C'était pour le commandement militaire l'occasion rêvée de détruire complètement cette tribu dont le chef n'avait pas daigné traiter avec lui, préférant s'adresser directement au gouverneur.

« Mais, aujourd'hui, le gouverneur était loin, et lui sur les lieux mêmes. Après, il lui suffirait de présenter les événements comme bon lui semblerait, certain de ne pouvoir être contredit.

« On décida froidement de commencer par l'élimination des principaux chefs de tribu.

« J'étais alors enceinte de neuf mois.

« Une embuscade fut tendue à ton père qui, ignorant tout encore des derniers événements, revenait d'une longue équipée avec un groupe de jeunes hommes. Ils tombèrent sous le feu des fusils français la nuit même où je me tordais dans la douleur de ton enfantement.

« Ton père était seulement blessé. En revenant à lui quelques heures plus tard, il constata le massacre de tous ses compagnons. Il voulut revenir pour avertir la tribu et voir son fils qui devait être né. Sa déception fut grande en apprenant qu'il n'aurait pas le fils attendu. Il expira dans mes bras, quelques instants plus tard.

« La tribu se voyait perdue ; le désastre était total. Mort, le fils de leur prestigieux chef. Morts, les plus fiers mâles de la tribu.

« Même l'avenir semblait bouché, car nul ne viendrait relever la tribu de ses cendres, maintenant qu'au lieu de vigoureux mâles naissaient des filles.

« Ce peuple a toujours nourri une croyance mystique en l'importance des enfants mâles qui seuls, pensait-il, pouvaient lui promettre un avenir dans cette existence tout entière consacrée à une volonté passionnée de survie, depuis le jour où ces fiers et libres Arabes avaient dû s'incliner devant un maître étranger.

« Oui, il fallait à tout prix survivre jusqu'au jour où l'heure du combat sonnerait à nouveau, car alors il faudrait être là, en nombre, chevaux piaffants.

« Et seuls les jeunes mâles procréent. Et seuls les jeunes mâles guerroient.

« Dans la confusion qui régnait alors, on parla de malédiction de la tribu, et tu ne tardas pas à incarner cette malédiction dans l'esprit de certaines vieilles femmes. Rien n'est plus contagieux que ce genre de croyance, et tu devins bientôt une enfant maudite, même aux yeux des hommes les plus sages de la tribu. Un soir, je résolus de m'enfuir en t'emportant dans mes bras, afin de te soustraire à une folle vengeance.

« Ainsi, tu es née dans la tourmente, symbole de malheur, maudite et recherchée. Et dans les profonds jardins où je te gardais, je craignais pour toi jusqu'aux rayons du soleil. »

Ainsi me parlait ma mère, me racontant jour après jour les péripéties de cette pénible histoire. Et je grandissais, interdite au monde extérieur, effrayée de mon passé, ignorante de mon avenir.

La mort de ma mère me laissa dans le désarroi le plus total. Il me fallut alors franchir la haie de mon jardin, et aventurer mes pas vers de nouveaux horizons, tandis que le sphinx demeurait obstinément silencieux, malgré ma muette supplication.

Mais, un jour d'été, un garçon voulut m'aider à vaincre les flots de la mer.

37

HAMID

Mais, une nuit d'hiver, j'allais venir au monde. S'étant à moitié dévêtue pour me recouvrir de quelques haillons, ma mère, demi-folle, vagabonde et putain, m'abandonna au matin contre une meule de foin.

Ce fut un miracle si je pus survivre toute la journée à la bise qui soufflait.

À la tombée du jour, une vieille femme qui revenait de la forêt fut attirée par mes cris et m'emmena chez elle. Elle vivait dans une petite cabane retirée, au milieu de ses chats et de ses chèvres. Elle subsistait en vendant ses divers mélanges d'herbes aux femmes cherchant à retrouver leurs maris infidèles, aux mères voulant préserver leurs fils des charmes des veuves solitaires.

Je trouvai naturellement place au milieu de ses chèvres. C'est ainsi que j'allais devenir, en grandissant, berger et chasseur de vipères, car les langues de ces dernières étaient fort prisées dans les mélanges destinés à ces femmes en mal de sortilège. Devenu expert dans l'art de capturer ces vifs reptiles, j'allais relever considérablement le commerce de ma mère adoptive.

Elle salua mon départ à sa façon : en me maudissant et en me souhaitant mille maux.

Au bout de mes errances, j'ai rencontré un sourire et des yeux si bleus.

38

« Tu dissipas mes anciennes frayeurs et, me prenant par la main, tu m'emmenas vers cette mystérieuse ville dont on me parlait tant.

– Fatale erreur. Je voulais t'éblouir. En fait, j'allais me trouver pris à mon propre piège, car chacun de tes regards me créait un nouveau rival. Jusqu'à cet ami d'autrefois, échappé de prison, et qui voulait à tout prix revoir sa mère. Mais il te vit.

– Il me poursuivit partout. Il voulait me parler.

– Il voulait te parler de son père et de ses rêves.

– Moi, je voulais surtout qu'il me parle de toi, qui ne consentis jamais à le faire. À mes questions répétées, tu ne faisais que de laconiques réponses. Tu restais résolument fermé sur ton mystérieux passé.

– Seul le mutisme pouvait me sauver.

« Oui, car comment lutter contre ces naissants rivaux qui avait tout, un passé, un avenir, un nom ?

« Comment aurais-je pu te parler de ma mère vagabonde ?

« Comment aurais-tu pu comprendre que la vieille sorcière qui me laissa partir en m'accompagnant d'injures allait pourtant pleurer mon départ jusque très tard dans la nuit ?

« Comment aurais-tu pu comprendre que ma vie fut d'abord une lutte contre une acariâtre hérédité ?

« Non, je ne pouvais que me taire, et taire aussi ma lancinante jalousie en te voyant écouter Malek.

– Il me parlait de toi, de votre étrange amitié, de vos serments, de vos luttes.

– Et tu l'écoutas. Il lui fallait trouver le défaut de la cuirasse. Tactique de rival.

J'essayais en vain de te soustraire à ses confidences.

– Il me conta ensuite une autre histoire. Dans ses récits, il me semblait retrouver comme un étrange écho de ceux de ma mère. Je ne pouvais que l'écouter.

– Bien plus encore, tu allais le suivre.

– Il me mena vers un homme fascinant qui me fournit enfin la solution de l'énigme qui m'obsédait toujours.

– À partir de cet instant, tu étais perdue. Perdue pour moi. Et tu suivis Malek, l'impossible ami. Finalement, il aura toujours été le vainqueur de nos duels. Il avait raison sur tous les plans.

« Moi, je ne suis rien qu'un paradoxe, venu sur terre comme un rêve incongru, ou l'exception qui veut infirmer la règle. Mais l'existence s'est déjà chargée de m'apprendre, en dépit de mes révoltes, à m'asseoir à la table de jeu en victime consentante.

« Ah ! comment te parler, comment te dire ma jeunesse, moi, le fils de la vagabonde putain ? Et comment lutter contre ce fils de l'aristocratie pour qui plaidait déjà sa prestigieuse ascendance ? Je me forçais au silence.

« Cruelle ironie, tu as voulu étudier l'histoire. Mais, Djamila, l'histoire sortait par la bouche même de Malek. Tu écoutas Malek et tu le suivis. Il a dû te parler de son père. Je me rappelle ces froides nuits de l'École normale, quand il me parlait de lui, debout et passionné. Comment n'aurais-tu pas retrouvé dans ces récits l'écho de ton propre passé ?

« Tu suivis Malek, tu l'écoutas, tu l'aimas.

« J'ai eu beau crier ton nom et ma détresse, tu restais sourde à mes plaintes.

« Pour le fils de la putain, tout ne pouvait être qu'adversité. Je n'ai été que le jouet des désirs des vierges étrangères, et Djamila à son tour allait m'utiliser pour atteindre Malek. Et dans mon plus sombre désespoir, je me trouvais néanmoins forcé de convenir que l'affolante gazelle n'avait fait que s'égarer un instant vers moi, avant de reprendre sa course vers sa destination finale.

« J'avais grandi grâce à mes ongles et mes dents, plus vif que les vipères que je chassais. Mais on m'entraîna vers un autre monde, régi par d'autres règles, et j'ai eu beau me débattre, totalement désarmé, je ne fis qu'aller de défaite en défaite.

« Votre passé, vos passions, ne peuvent être les miens. Je ne suis pas même le fils de ces vaincus qui puisent dans l'amer goût de la défaite l'espoir de reprendre le combat un jour prochain. C'est d'abord pour aller à ta recherche que je m'engageai à votre suite.

« Et j'ai longtemps erré dans les rues grises de la ville. On vint me dire un soir que j'étais malade, et des hommes en blanc m'emmenèrent dans un hôpital. Je poursuivis mes délires dans un lit. L'infirmière qui me soignait me permit de m'évader. J'ai couru dans la nuit jusqu'à buter, hors de souffle et à bout de forces, contre les grilles du port. Alors un homme me prit en pitié, me souleva et m'emmena dans une maison. C'était Si-Hassan.

– Tu le connais donc ?

– Oui, et ainsi la boucle se refermait sur nos frêles cous. Car j'allais l'écouter et le suivre à mon tour. Ayant vainement attendu le retour de ma gazelle évadée, je décidai de la suivre à la trace, dans l'espoir de la retrouver en bout de chemin. À sa suite, je m'engageai dans les sables mouvants, et chacun de mes pas m'enfonçait davantage.

– Mais aujourd'hui nous nous sommes retrouvés, et aujourd'hui finissent nos respectives errances. Aujourd'hui je te retrouve et mes cauchemars sont finis. Écoute-moi, mon ami.

« Un jour, un soupçonneux capitaine m'a surprise au cours d'une entrevue avec un autre agent, et, intrigué, voulut tirer l'affaire au clair. Il commença par se renseigner sur moi, puis entreprit de me faire suivre et surveiller par la police. Ignorant tout, je me suis rendue chez Si-Hassan qui me confia une mission et ce rendez-vous à cette heure sur cette passerelle. Au dernier moment, j'ai enfin repéré mes suiveurs, et j'ai réussi à leur fausser compagnie.

« Et à l'heure et à l'endroit du rendez-vous convenu, c'est toi que je retrouve ce soir, correspondant prétendu inconnu à qui je dois remettre la précieuse enveloppe.

– Te voici devant moi, à l'heure et à l'endroit convenus, et je suis celui qui devait t'attendre. Le plan de Si-Hassan aura réussi de bout en bout.

– Si tristes séparés, alors qu'il nous est si doux d'être ensemble, nous ne nous quitterons plus jamais. Ce sombre temps va s'éloigner de la ville.

– Écoute-moi donc, naïve Djamila, car tu ne connais qu'une partie de l'histoire.

« Si-Hassan, par la bouche de Malek, sut que tu étais suivie par la police et s'en inquiéta. Les nombreuses confidences que te firent beaucoup de responsables, les siennes aussi, tes activités, t'ont mise en possession de nombreuses informations. Entre les mains de l'ennemi, elles pourraient être exploitées de façon extrêmement dangereuse, d'autant plus que la situation de l'organisation est fort critique. Il fut décidé de ne pas courir de risque. Tu dois mourir.

– Comment ? Que dis-tu ? Je dois mourir ? Pour quelle raison ? Qui peut ainsi s'arroger le droit de vie ou de mort sur moi ? Non, non, je ne puis le croire, c'est impossible. Jamais Si-Hassan n'aurait pu donner un tel ordre. Je le connais bien, il m'aime comme sa fille.

« D'ailleurs ce plan mortel échouera, car j'ai retrouvé Hamid, et auprès de Hamid, jamais nul ne pourra m'atteindre, jamais. »

LE POÈTE

Il est toujours des limites au pouvoir des magiciens. Celui de Hamid devait se dissoudre à la première et fondamentale séparation. Le charme de Djamila s'était prodigué de l'un à l'autre. Et c'était justement ce charme qui allait provoquer l'enchaînement impitoyable des faits, la menant vers sa mort.

DJAMILA

Hamid a enfin retrouvé sa gazelle. Comment pourrait-il permettre à quiconque de la lui ravir à nouveau ? Mais parle, explique-toi, Hamid, dis-moi quel est ton plan, ce que tu comptes faire pour me protéger, car tu me protégeras, n'est-ce pas, Hamid ? D'ailleurs, qui pourrait jamais oser porter la main sur moi ?

LE POÈTE

Pour tous, la mort de la gazelle apparaissait comme la suppression d'un insoluble problème. Mais les chasseurs à l'affût qui la tenaient pourtant à portée de fusil ne pouvaient se résoudre à presser la détente, dans l'espoir que, dans le cercle où elle se trouvait enfermée, un faux mouvement du chasseur concurrent la précipiterait vivante dans leurs bras.

« C'est juste, Djamila, nul n'oserait. Aussi, raisonnant par l'absurde, on a confié la besogne à celui pour qui tu constitues le sens même de la vie. C'est à moi qu'il revient aujourd'hui de t'assassiner.

– Comment ? Toi ? Cette histoire est vraiment insensée. Il s'agit d'un mauvais rêve. Allons, Hamid, parle, explique-toi.

– Ce ne sont pas, hélas, les explications qui manquent. Tu dois mourir, car par un sinistre enchaînement des faits, cela devient la condition fondamentale d'une possible survie de l'organisation. Je ne sais comment les militaires l'ont appris. Intrigués par la violence de cette réaction, ils se sont mis à se poser des questions et ont sans doute deviné les raisons d'un pareil ordre. Ils ont alors envoyé une brigade spéciale dans le but de t'appréhender et, ensuite, de te faire parler.

– Et cette mission, ce rendez-vous ?

– Quand Si-Hassan te reçut, il savait déjà tout et avait longuement mûri son plan. La mission n'était qu'un prétexte qui justifiait le rendez-vous et notre rencontre, élément d'un plan sinistre dont Malek me révéla une partie. J'ai deviné le reste.

– Plan sinistre en effet, et dont la réussite passe par ma mort. Malek, le capitaine, puis enfin Si-Hassan à son tour m'auront tous bernés dans ma longue quête de la solution d'une énigme ancienne.

« Au bout de mes efforts, je rencontre mon fiancé disparu qui m'expose, tranquille et calme, les différentes phases d'un plan qui exige ma mort avant de tirer une arme de sa poche et de m'abattre. Que faire et que dire, aujourd'hui que même Hamid devient mon ennemi ?

« Vous avez tous raison. Je préfère une mort rapide plutôt que de tomber aux mains de la police. Je connais trop leurs méthodes et les moyens qu'ils emploient pour faire parler les gens. Le sort en est jeté, puisque de toute façon ma mort est décidée, et qu'elle sauvera beaucoup de vies.

« Qui aurait pensé que notre histoire, commencée un jour d'été sur une plage oranaise, se terminerait ainsi, ce soir de décembre, sur cette passerelle ? En d'autres lieux, en d'autres temps, ton amour et le mien auraient fait des miracles.

« Mais dans cette ville, dans ce pays, tout est faussé. On va de paradoxe en paradoxe, en niant les règles les plus fondamentales de la vie. En d'autres lieux, en d'autres temps, Hamid et Djamila auraient simplement pu être heureux.

« Je sais, je devine tes pensées. Je dois mourir, mais tu ne survivras pas à ma mort. Je te supplie, Hamid, de chasser de telles idées. Ne serait-ce que pour démentir les prédictions dont me parlait ma mère et qui me disaient maudite et porteuse de mort. Il faut continuer à vivre, et faire tien ce combat qui t'était étranger, ne serait-ce aujourd'hui que pour me venger. Hamid, c'est le temps qui me manque pour te dire… Sais-tu, Hamid, que tu ne m'as jamais embrassée ? Mais je ne veux pas m'attendrir. Et je ne veux surtout pas pleurer. Du moins pas devant toi.

« Pourtant, laisse-moi te dire que, en dépit de ces hommes qui l'entouraient, Djamila n'a jamais aimé que Hamid, et que ses soupirants ne furent jamais que les auditeurs dépités de ses confidences concernant son inatteignable fiancé.

« Hamid a été et est demeuré l'inaltérable joyau de ma vie. »

L'émotion étrangle Djamila et deux larmes coulent sur ses joues. Elle se détourne pour cacher son visage à Hamid et fait quelques pas. Hamid tire son arme et la pointe sur elle.

Au même moment, une fusillade nourrie éclate. Djamila s'écroule.

Hamid se tord sous la douleur, la poitrine transpercée de balles. Il s'écroule à son tour. Un instant de silence. Puis on entend au loin une rumeur qui s'approche. Quelques instants plus tard, des policiers apparaissent, avec en tête un lieutenant de police. Ils font un demi-cercle autour des deux corps.

Après un temps d'immobilité, Hamid remue

un peu, puis soulève la tête. Il regarde vers Djamila. Il se met à ramper vers elle. Il peine.

Soulevé sur ses coudes, il observe un moment d'immobilité. Puis, soudain, il se lève.

« Non, non, je refuse. C'est trop moche, c'est trop dégueulasse ! Non. D'ailleurs, je ne peux pas avoir tué Djamila puisque je n'ai pas pressé sur la détente. Donc Djamila ne peut pas être morte. Je refuse de jouer plus longtemps cette pièce ridicule. J'arrête. Rideau, machiniste, rideau ! Assez de stupidités. Non, non, attends, machiniste, attends ! J'ai quelque chose à dire. Quelque chose qui n'était pas prévu dans le texte, quelque chose de mon cru. »

Hamid s'avance. Son visage est baigné de sueur. Délire-t-il ?

« J'ai encore quelque chose à dire aux gens qui sont venus ce soir pour nous voir jouer cette lamentable histoire. Je veux parler à ces spectateurs à qui on présente le spectacle des douleurs humaines, comme s'ils n'avaient pas assez des leurs. Aujourd'hui on me fait tuer Djamila, et on me demande de la retuer chaque soir avant que le rideau ne tombe, pour finir l'histoire et quêter vos applaudissements. Mais je ne marche plus, l'histoire n'est pas finie, l'histoire n'en finit pas.

« Comprenez-vous que Djamila, c'est mon étoile ?

« Pour moi dont la mère n'a été qu'une vagabonde putain et qui m'abandonna à l'hiver le lendemain de ma naissance, Djamila est mon passé, mon présent, mon avenir.

« Et l'on me demande d'assassiner Djamila chaque soir !

« Non, je ne suis pas mort, et Djamila non plus. Djamila ne peut pas mourir, ce serait trop absurde. Mais elle est têtue, elle veut continuer à jouer son rôle jusqu'au bout, même maintenant que je vous ai découvert le pot aux roses. Elle ne se relèvera que quand le rideau sera tombé.

« Allons, Djamila, lève-toi, il ne sert à rien de continuer, tu vois bien que je viens de tout dire aux spectateurs. Ton jeu n'a plus aucun sens maintenant. Tu peux te relever sans attendre le tomber du rideau. »

Hamid s'agenouille auprès d'elle et la secoue par l'épaule.

« Quand je vous disais qu'elle est têtue ! Allons, relève-toi, ce n'est qu'un cauchemar qui dure le temps d'une mauvaise pièce.

« Demain il fera beau et nous irons ensemble par les rues. Les spectateurs le savent maintenant, cette histoire n'a aucun rapport avec la réalité. »

Hamid vacille un instant.

« Je me sens très fatigué. J'ai mal au ventre, à la poitrine, un goût de sang chaud me remonte à la gorge. Et ce salopard de machiniste qui ne vient pas ! »

LE POÈTE

Le machiniste est sans doute allé se soûler dans quelque bar et, l'alcool aidant, aura perdu la notion du temps.

Pourvu, pourvu que le rideau tombe avant que Hamid ne s'écroule, non pas tant pour éviter l'ultime désastre, la découverte du puéril subterfuge auquel d'ailleurs personne n'a cru, mais parce que Hamid, au fin bord de la scène, dominant les spectateurs effarés, oscille dangereusement, à l'instant de vomir ses sanglantes entrailles.

Hamid est brusquement secoué de sanglots. Il tente de se maintenir debout, mais après un moment, il s'écroule, tandis que le capitaine, survenu à l'instant même, le recueille dans ses bras. Malek, arrivé à sa suite, va aider le capitaine à allonger le corps auprès de celui de Djamila.

Tous deux s'accroupissent devant les cadavres et demeurent immobiles. Alors un lieutenant de police s'avance.

« Fouillez-les ! »

Épilogue

MALEK

Voilà longtemps que Hamid et Djamila sont morts. Un soir de décembre, ils ont quitté tous deux ce monde en folie, cessant simultanément leur réciproque délire.

Et je suis resté seul à rôder autour de l'université, en butte à mes souvenirs. Il m'arrive parfois de rencontrer le jeune capitaine.

LE CAPITAINE

Je passe mes jours à traîner de bar en bar. Je ne savais pas. De l'amour, je n'ai connu que de prétendus spécialistes juste capables de pérorer sur leurs imbéciles souvenirs ou sur leurs chimériques bonnes fortunes. J'ignorais tout encore de la venimeuse morsure qui me prenait en traître. Il est bien tard aujourd'hui.

MALEK

Me voici définitivement coupé de toutes mes racines.

Ma mère est morte sans avoir brisé son long silence, pas même pour son fils qu'elle savait devoir bientôt quitter pour toujours. C'est en simple étranger que j'ai assisté à son enterrement.

LE CAPITAINE

Beaucoup m'avaient envié au moment de mon départ pour le pays du soleil. Ils y voyaient un bref dépaysement. Aujourd'hui mes parents ne comprennent plus et s'étonnent de ma persistance à vouloir rester dans ce pays.

En vérité, je ne suis plus qu'un fantôme qui erre en permanence dans les rues de la ville, à la recherche d'autres fantômes, aujourd'hui disparus. Car j'ai été trahi. Nous avons tous été trahis.

MALEK

Aujourd'hui, un peuple en liesse est descendu dans les rues fêter sa liberté enfin retrouvée.

Le soir tombe, la cigogne s'envole rejoindre son nid, le vieillard s'en va faire sa prière, et je demeure pensif, loin des clameurs de la ville.

LE POÈTE

Est-ce ainsi que se termine une histoire séculaire ?

Mais le point final est mis, et le conteur n'a plus qu'à se taire.

Réalisation Pao : Dominique Guillaumin

Cet ouvrage a été imprimé par la
SOCIÉTÉ NOUVELLE FIRMIN-DIDOT
Mesnil-sur-l'Estrée
pour le compte des Éditions Stock
23, rue du Sommerard, 75005 Paris
en mai 1995

Imprimé en France
Dépôt légal : mai 1995
N° d'édition : 8759 - N° d'impression : 30918
ISBN : 2-234-04494-4
54-02-4494-01/8